共和国的历程

雷 锋 精 神

全国蓬勃开展向雷锋同志学习活动

李 琼 编写

蓝天出版社　吉林出版集团有限责任公司

图书在版编目（CIP）数据

雷锋精神：全国蓬勃开展向雷锋同志学习活动／李琼编写.
—北京：蓝天出版社，2014.10（2023.3重印）
（共和国的历程）
ISBN 978-7-5094-1244-2

Ⅰ．①雷… Ⅱ．①李… Ⅲ．①革命故事—作品集—中国—当代 Ⅳ．①I247.8

中国版本图书馆 CIP 数据核字（2014）第 232638 号

雷锋精神——全国蓬勃开展向雷锋同志学习活动

编　　写：李　琼
策　　划：金永吉　荆忠峰
责任编辑：孔庆春　王燕燕
出版发行：蓝天出版社　吉林出版集团有限责任公司
地　　址：北京市复兴路 14 号
邮　　编：100843
电　　话：010—66983715
经　　销：全国新华书店
印　　刷：北京楠海印刷厂
开　　本：710mm×1000mm　1/16
字　　数：69 千
印　　张：8
版　　次：2016 年 3 月第 1 版
印　　次：2023 年 3 月第 3 次
定　　价：29.80 元

前　言

　　中华人民共和国自 1949 年 10 月 1 日成立以来，已走过了六十多年的风雨历程。历史是一面镜子，我们可以从多视角、多侧面对其进行解读。然而有一点是可以肯定的，那就是，半个多世纪以来，在中国共产党的领导下，中国的政治、经济、军事、外交、文化、教育、科技、社会、民生等领域，都发生了深刻的变化，中国人民站起来了，中华民族已屹立于世界民族之林。

　　这段时间放到整个历史长河中是短暂的，有如弹指一挥间，但它带给中国的却是极不平凡的。六十多年里神州大地经历了沧桑巨变。从开国大典到 60 年国庆盛典，从经济战线上的三大战役到经济总量居世界前列，从对农业、手工业、资本主义工商业的三大改造到社会主义市场经济体制的基本确立，从宜将剩勇追穷寇到建立了强大的国防军，从废除一切不平等条约到独立自主的和平外交政策，从"双百"方针到体制改革后的文化事业欣欣向荣，从扫除文盲到实施科教兴国战略建设新型国家，从翻身解放到实现小康社会，凡此种种，中国人民在每个领域无不留下发展的足迹，写就不朽的诗篇。

　　六十几年在历史的长河中犹如沧海一粟，但对身处其间的个人却是并非无足轻重的。其间究竟发生了些什么，怎样发生的，过程怎样，结果如何，非人人都清楚知道的。对此，亲身经历者或可鲜活如昨，但对后来者却可能只是一个概念，对某段历史的记忆影像或不存在或是模糊的。基于此，为了让年轻人，特别是青少年永远铭记共和国这段不朽的历史，我们推出了这套《共和国的历程》。

《共和国的历程》虽为故事形式，但与戏说无关，我们是想借助通俗、富于感染力的文字记录这段历史。这套丛书汇集了在共和国历史上具有深刻影响的重大历史事件。在丛书的谋篇布局上，我们尽量选取各个时代具有代表性的或深具普遍意义的若干事件加以叙述，使其能反映共和国发展的全景和脉络。为了使题目的设置不至于因大而空，我们着眼于每一重大历史事件的缘起、过程、结局、时间、地点、人物等，抓住点滴和些许小事，力求通透。

历史是复杂的，事态的发展因素也是多方面的。由于叙述者的视角、文化构成不同，对事件的认知或有不足，但这不会影响我们对整个历史事件的判断和思考，至于它能否清晰地表达出我们编辑这套书的本意，那只能交给读者去评判了。

这套丛书可谓是一部书写红色记忆的读物，它对于了解共和国的历史、中国共产党的英明领导和中国人民的伟大实践都是不可或缺的。同时，这套丛书又是一套普及性读物，既针对重点阅读人群，也适宜在全民中推广。相信它必将在我国开展的全民阅读活动中发挥大的作用，成为装备中小学图书馆、农家书屋、社区书屋、机关及企事业单位职工图书室、连队图书室等的重点选择对象。

编　者
2014 年 1 月

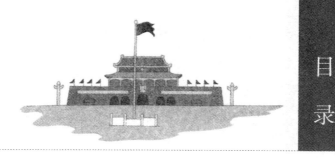

目 录

一、 毛主席的好战士

● 毛泽东说："学雷锋是要学他的好思想、好作风、好品德。"

● 毛泽东说："不但普通干部、群众学雷锋，领导干部要带头学，才能形成好风气。"

● 一些 60 年代的青年工作者说："我们拿着雷锋的事迹，找中央领导，谁看了谁说好，请谁题词，谁都欣然挥笔。"

中央领导为雷锋题词

1962 年 8 月 15 日，雷锋不幸牺牲。辽宁全省人民深感悲痛，他们纷纷到雷锋生前部队学习雷锋事迹，参观雷锋遗物，自发地开展学习雷锋的活动。

《抚顺日报》请曾经多次采访过雷锋的陈广生给他们撰写雷锋的事迹材料。

陈广生带着对雷锋的深切思念，赶写出长达 5 万字的长篇通讯《毛主席的好战士》。《抚顺日报》把这篇文章连载 24 天。

人们如饥似渴地阅读着陈广生的这篇感人通讯，争相表达对乐于助人的好战士雷锋的敬仰、怀念之情。

《辽宁日报》也刊登雷锋的一些日记和杂文，在社会上产生了很大的影响。

1963 年春，《人民日报》刊登通讯《毛主席的好战士——雷锋》，并配发评论员文章《伟大的普通--兵》和半版雷锋日记。

雷锋事迹经《人民日报》的宣传引起轰动。全国各地的人们读完这些文章后，深受感动，他们争相传颂雷锋的事迹，雷锋的精神开始传遍全中国。

与此同时，《解放军报》发表署名本报特约记者陈广生的长篇通讯《伟大的战士》。

1963 年 2 月 9 日，中国人民解放军总政治部发出《关于在全军宣传和学习雷锋同志模范事迹的通知》，号召全军迅速开展宣传和学习雷锋同志模范事迹的活动。

"通知"指出：

宣传和学习雷锋同志的模范事迹，对于提高广大青年的阶级觉悟，加强部队的思想建设，推动创造"四好"连队运动和创造"五好"战士活动，具有很大的意义。

各部队应当在广大青年干部、战士、职工以及家属中，采取组织读报、座谈讨论、首长作报告、图片展览等方法，迅速展开宣传和学习雷锋同志模范事迹的活动，把它当做当前一项重要的思想工作。

……

各部队在宣传和学习雷锋同志模范事迹的活动中，还要注意宣扬本单位的好人好事。部队报刊，要把宣传英雄模范人物，当做一项经常的重要任务。文艺创作也要着重歌颂新人新事。各级领导要善于抓住好人好事，进行宣传教育，把思想工作做得更细更活。

2 月 15 日，共青团中央发出《关于在全国青少年中广泛开展学习雷锋的教育活动的通知》。

"通知"指出：

> 雷锋光辉的一生，为我国青年树立了一个具有坚定的无产阶级立场和高尚的共产主义思想品德的榜样。

2月21日，《解放军报》发表社论《毫不利己，专门利人——再论像雷锋那样做个毛主席的好战士》。

此后，《解放军报》频频用头版或数个版面的篇幅报道人们纪念、学习雷锋的各种活动。

就在这种情况下，《中国青年》杂志希望自己的宣传能够后来居上。经过讨论，他们决定出一期学雷锋专辑，并请毛泽东和周恩来题词。

据当时担任毛泽东秘书的林克后来回忆：

> 1963年2月中旬的某一天，《中国青年》杂志准备出版一期学雷锋专辑，该杂志编辑部给毛主席写了一封信，请他为学雷锋题词。
>
> 在我收到这封信时，毛主席正在北京，住在中南海丰泽园里面的菊香书屋院内。
>
> ……
>
> 当天，值班警卫打电话告诉我，毛主席已经醒了。根据多年的习惯，他醒来的第一件事就是要秘书把最新收到的文件、资料送给他。

因此，在接到电话后，我立即拿出已选好要送给他批办和阅读的文件和资料，其中有《中国青年》杂志请毛主席题词的信，来到毛主席的寝室。

林克走进毛泽东的卧室，看到毛泽东已经穿好睡袍，身上仍然盖着毛巾被，半躺半坐地斜倚在床背上看当日的报纸。

看见林克走进屋来，毛泽东把报纸随手放在左半边床上堆得有两尺多高的书堆上。

林克把文件、资料放在毛泽东床头的长桌上。床的左方、紧挨着长桌有一张方形的藤桌，桌上也堆满了文件、资料。

林克在藤桌西边一张椅子上坐下来，面对着毛泽东，向他汇报需要批阅的文件、重大的国内和国际新闻。林克也提到《中国青年》杂志请毛泽东题词的信。随后，林克便离开了毛泽东的卧室。

林克深情地回忆毛泽东为雷锋题词的一些细节，他说：

> 大约过了两三天，《中国青年》杂志编辑部的同志打电话到毛主席办公室，询问主席是否答应写题词。当时，我了解毛主席已经看过《中国青年》杂志的信，但未做什么表示。我便

毛主席的好战士

如实地告诉了他们。

大约两天后，该杂志编辑部的同志又打电话来询问。当时，毛主席已经答应要为他们题词，我便如实地转告。

他们说，《中国青年》杂志在3月1日出版，能否请毛主席在2月25日前写好，因为印刷还需要一周的时间。我将他们的要求报告了毛主席。毛主席让我先拟几个题词供他参考。

我回办公室，思索了一番，拟好了10来个题词，立即送给了毛主席。我现在还可以回忆起其中几个题词的大致内容，如"学习雷锋同志全心全意为人民服务的思想"、"学习雷锋同志鲜明的阶级立场"、"学习雷锋同志大公无私的共产主义风格"、"学习雷锋同志艰苦朴素的作风"、"学习雷锋同志毫不利己、专门利人的优良品德"、"学习雷锋同志勤奋好学的革命精神"等。

2月22日，毛主席睡醒以后，值班警卫员打电话告诉我，主席让我去一下。我带着事先选好的文件、资料匆匆来到毛主席的寝室。

毛主席正穿着睡衣斜倚在床栏上看文件，看见我到了身旁，便放下了手中的文件。我随即将新文件放到他床头的长桌上。他示意我坐下，我便在他床前一张藤桌旁的椅子上坐下来。

这时，毛主席从他左半边床的书堆上拿起了一张信纸递给我。我一看，只见他已在纸上用毛笔书写了"向雷锋同志学习"7个潇洒苍劲的行草字。我为他拟的10来个题词，他一个也未用。

林克接着又谈到毛泽东对学雷锋的一些具体看法，他回忆说：

这时，毛主席吸了一口香烟，从容地带着询问的目光问道："你看行吗？"

我爽朗地回答说："写得很好，而且非常概括。"

毛主席好像要解释为什么没有采用我拟的题词这一疑问似的，接着说道，学雷锋不是学他哪一两件先进事迹，也不只是学他的某一方面的优点，而是要学他的好思想、好作风、好品德；学习他长期一贯地做好事，而不做坏事；学习他一切从人民的利益出发，全心全意为人民服务的精神。当然，学雷锋要实事求是，扎扎实实，讲究实效，不要搞形式主义。不但普通干部、群众学雷锋，领导干部要带头学，才能形成好风气。

毛主席的好战士

林克说："现在看来，毛主席的这番话不仅指出了学雷锋的方法，而且指明了雷锋身上最本质的东西。特别是指出了学雷锋的方向。"

林克接着说："毛主席谈完之后，我便回到我的办公室，打电话给《中国青年》杂志编辑部，告诉他们，毛主席的题词已经写好了，请他们到中南海西门来取。"

中国青年杂志社领导接到林克的电话，非常兴奋，派年轻的摄影记者刘全聚，让他立即骑上摩托车去中南海。几十分钟后，毛泽东书写的"向雷锋同志学习"几个刚劲有力的大字便展现在大家面前了。

中国青年杂志社轰动了，团中央轰动了。

中国青年杂志社的同志开始考虑这样一个问题，有了毛泽东的题词，是独家发表，还是与其他新闻单位一同发表？

经过讨论，大家都认为：毛主席虽然是为我们题词，但这是向全国人民发出的号召，我们不能一家"垄断"。

1963 年 3 月 2 日，《中国青年》杂志首先刊登毛泽东"向雷锋同志学习"的题词。

3 月 5 日，《人民日报》、《解放军报》、《光明日报》、《中国青年报》等新闻媒体，都同时刊登毛泽东的题词手迹。

全国各大报刊纷纷刊登毛泽东题词手迹。

从这一天起，一个学习雷锋的活动在全国范围内以排山倒海之势蓬勃兴起。

从此以后，每年的 3 月 5 日也就成了学习雷锋的纪念日。

1963 年 3 月 6 日，即首都各大报发表毛主席题词的第二天，《解放军报》独家发表在京的国家领导人刘少奇、周恩来、朱德和邓小平等人的题词手迹。

刘少奇题词：

学习雷锋同志平凡而伟大的共产主义精神。

周恩来题词：

向雷锋同志学习，憎爱分明的阶级立场，言行一致的革命精神，公而忘私的共产主义风格，奋不顾身的无产阶级斗志。

朱德题词：

学习雷锋，做毛主席的好战士。

邓小平题词：

谁愿当一个真正的共产主义者，就应该向雷锋同志的品德和风格学习。

毛主席的好战士

陈云题词：

雷锋同志是中国人民的好儿子，大家向他学习。

董必武题诗《歌咏雷锋同志》：

有众读毛选，雷锋特认真。

不惟明字句，而且得精神。

阶级观清楚，勤劳念朴纯。

螺丝钉不锈，历史色长新。

只做平凡事，皆成巨丽珍。

普通一战士，生活为人民。

一些 20 世纪 60 年代的青年工作者，回忆起当年的情景，仍然十分激动。他们深有感触地说："我们拿着雷锋的事迹，找中央领导，谁看了谁说好，请谁题词，谁都欣然挥笔。"

毛泽东称赞雷锋精神

1963年的春天，日理万机的共和国领袖们，几乎不谋而合地把目光聚集在"雷锋"这两个字上。

当时，周恩来打来电话，向毛泽东推荐雷锋。

林克后来回忆说：

> 毛主席在题词之前，就阅读了报纸上有关雷锋的报道，了解了雷锋的事迹。

毛泽东在早春的阳光下，仔细阅读有关雷锋的报道以后，在屋子里激动地踱着步子。雷锋这个中国普通士兵在毛泽东的心中激起阵阵波澜……

毛泽东此时意识到：雷锋，一个普通的名字，在人民中却如此响亮。既然人民认可他，那他就一定会有益于这个时代。

毛泽东对雷锋的牺牲深感惋惜，他深情地对罗瑞卿说："雷锋值得学习啊！"

其实，身为军委秘书长的罗瑞卿对雷锋的事迹早有耳闻。

雷锋牺牲以后，军区把雷锋的事迹汇报给军委。罗瑞卿专门指示"要好好宣传"。

毛主席的好战士

在一次会议上，罗瑞卿兴奋地讲道："我们军队又出了一个好战士。"

罗瑞卿说完站起来，手里拿着一张刊登雷锋事迹的地方报纸，指着上面说："军报要好好宣传，就要登这么大。"

《中国青年报》一位老军事记者李挺基至今还清楚地记得当时罗秘书长讲话时的大嗓门。

罗瑞卿看到雷锋得到毛泽东的肯定，感到十分高兴。他从中南海毛泽东的住处回来以后，顾不上休息，立刻开始着手准备宣传雷锋的工作，他对总政的同志说："毛主席这样重视，我们还不抓紧吗？"

毛泽东在和罗瑞卿谈完雷锋的事情以后，依旧对雷锋难以忘怀。

1963年5月的西子湖，清新妩媚，景色怡人。

在西子湖畔的毛泽东全然无心观赏西湖美景，却被雷锋的日记吸引住了。周恩来和邓颖超都向他推荐这个小战士的日记，说雷锋日记写得好。

5月11日，在中央杭州会议上，毛泽东话锋一转，谈到雷锋。他说："我看过雷锋日记的一部分，此人懂得一点哲学。"

在座的领导同志都感到惊讶，他们跟着毛泽东几十年，很少听到毛泽东对哪个人作出"懂得一点哲学"的评价。

雷锋这样一个普通的士兵却能享受如此殊荣。

周恩来提出宣传雷锋

雷锋的事迹在报纸上刊登以后，周恩来和邓颖超当天晚上就在台灯下读完了这篇稿件，两人都深受感动。

周恩来亲自给当时的《人民日报》社长吴冷西打电话。

他说：

> 雷锋是个好战士啊，要估计到这个战士影响很大，需要很好地宣传这个典型。

解放军军事科学院原副院长姜思毅和解放军报社原社长吕梁同志，后来动情地讲述了周恩来为雷锋题词的故事：

> 在军委办公厅的一座小礼堂里，许多领导同志来这里参加周末晚会。周恩来也来了。
>
> 休息时，周恩来径直向休息室走去，并把姜思毅找来，对他说："我要给雷锋题词，请你们帮我出出主意。"
>
> 姜思毅当即把总政关于学习雷锋的通知精神汇报给周恩来，供他参考。

周恩来略加斟酌，写下了现在人们熟悉的那四句话。

过后，周恩来又找到了当时的《解放军报》副社长胡痴，对他说："我征求了总政同志的意见，写了几句话。但感到'奋不顾身'这句和前面的'憎爱分明'、'言行一致'、'公而忘私'几句不太对仗，请军报的同志帮我推敲推敲。"

胡痴立即打电话给军报值夜班的吕梁副总编辑。吕梁和值夜班的同志都被周恩来感动了，立即逐字逐句地斟酌。提出许多设想。比来比去，大家认为还是周恩来的题词对雷锋精神概括得比较准确，有点不对仗无伤大雅，便给周恩来回了电话。

周恩来在电话里停顿片刻，说："那好吧，就这样，照你们的意见办。"

周恩来不仅亲自为雷锋题词，还在百忙之中抽出时间，详细了解雷锋的先进事迹。

1963 年 3 月 30 日晚上，天全黑下来了。军事博物馆的同志忙碌了一天，正准备关门离去。

突然，一辆小车驶进院内，从车上走下来的竟是周恩来。

周恩来劳累一天，连晚饭也没吃就赶来参观雷锋事迹展。

在大厅里，周恩来一边看，一边听解说员讲解。

周恩来的神情十分专注。

在陈列着雷锋生前穿过的袜子的展柜前，解说员介绍说："雷锋同志的这双袜子补了又补，已经完全改变了原来的模样。"

周恩来听了连连点头，称赞说："哦，听说了，听说了，雷锋同志艰苦朴素的无产阶级本色值得学习。"

解说员考虑到周恩来工作繁忙，为了不多占用他的时间，只选了几篇有影响的雷锋日记作介绍。

可周恩来却指着那些没念的雷锋日记说："你念，你念。"

周恩来一边听，一边戴上眼镜，站在旁边仔细地看。

解说员有的地方念错了，周恩来便帮助纠正。辨认不清的字，周恩来就一字一句地琢磨，然后告诉解说员。

参观即将结束时，周恩来问："怎么没有看到雷锋的最后一篇日记呢？"

解说员急忙领着周恩来到展览厅里找。

她找了一圈也没找到，又急又愧。可周恩来并没有责怪她，他的态度还是那样和蔼。

当周恩来准备走出展览厅时，一位同志把雷锋的一本日记拿来了。

这本日记上有雷锋 1962 年 8 月 10 日写的最后一篇日记，内容是学习毛主席关于"虚心使人进步，骄傲使人落后"指示的心得体会。

毛主席的好战士

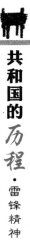

周恩来接过日记，站在展厅门口一气看完。

他轻轻地把日记本合起来，掂了又掂，才交给那位同志，然后满意地离开了军事博物馆。

直到今天，军事博物馆还保存着周恩来观看雷锋事迹展时留下的照片。

照片中的周恩来穿着灰色制服，笔直地站着，仰着脸，神情专注地看着雷锋的事迹画片。

全国掀起学雷锋热潮

毛泽东、周恩来、刘少奇、朱德、邓小平等中央领导的号召，震动了五湖四海。

从兴安岭到五指山，从雅鲁藏布江到东海之滨，全国各地的人们都在谈论雷锋，都下定决心认真地向雷锋学习。

学习雷锋的活动很快从军队向全国各行各业发展，全国迅速掀起学雷锋的热潮。

共青团中央、全国总工会和全国妇联相继作出决定，以各种形式组织学习和宣传雷锋的活动。

全国性的报纸，如《人民日报》、《解放军报》、《中国青年报》、《光明日报》等，以及地方报纸，都用大量篇幅报道各地开展学雷锋活动的情况，以及雷锋事迹、雷锋日记等。

文化艺术和出版部门还出版图书和画册，演映雷锋的电影。

曾经报道过雷锋事迹的新华社记者佟希文、李健羽深有感触地说：

现在看来，雷锋的宣传突破了我军历史上所有英模宣传的格局，这不是哪个人要突破的，

毛主席的好战士

是群众的推动，群众要求向雷锋学习。毛主席题词就是"向雷锋同志学习"，上下的心愿相当一致，所以，向雷锋学习就能学得起来。

许多人至今还记得《学习雷锋好榜样》这首歌曲。

学习雷锋好榜样，
忠于革命忠于党，
爱憎分明不忘本，
立场坚定斗志强；

学习雷锋好榜样，
艰苦朴素永不忘，
愿做革命的螺丝钉，
集体主义思想放光芒；

学习雷锋好榜样，
毛主席的教导记心上，
全心全意为人民，
共产主义品格多高尚；

学习雷锋好榜样，
毛泽东思想来武装，
保卫祖国握紧枪，

努力学习天天向上。

这首歌唱忠诚和奉献的《学习雷锋好榜样》的歌，在人民中广为流传。

当年创作《学习雷锋好榜样》的歌词作者洪源，激动地回忆起当时创作这首歌的情景，他说："这首歌的产生，是时代的产物和我苦思的结果。"

60年代初期的中国，正处在困难时期，靠什么去号召人民，鼓舞斗志，统一思想？

当时在北京军区担任创作员的洪源，一直在考虑这个问题。

1963年3月5日，毛泽东发出"向雷锋同志学习"的伟大号召，洪源如饥似渴地读完雷锋的事迹报告和雷锋的日记后，顿时找到了创作灵感。

当天，洪源一口气就写成了《学习雷锋好榜样》和《雷锋进行曲》两首歌的歌词。

他写完后，顾不上吃饭，立即把歌词送到作曲家生茂的家里。

生茂以最快的速度把曲谱好。

几天后，北京军区隆重集会，庆贺毛泽东为雷锋题词这件喜事，战友文工团首次推出这两首新歌，全场顿时为之轰动。

兴奋的人们从观众席上把洪源拥上舞台。

洪源只好背诵《雷锋日记》选段表示谢意。他三次

毛主席的好战士

共和国的**历程**·雷锋精神

背诵，三次谢场，三次都被观众拦回舞台。

那种热烈的场面让洪源十分感动，他深刻地认识到雷锋在人们心中的分量。

直到今天，洪源回忆起这段往事，依旧十分激动。

演出次日，《战友报》在显著的位置发表这两首歌。接着，中央人民广播电台、《红旗》杂志、《人民日报》以及全国各地的许多报刊都相继刊播这两首歌。

很快，《学习雷锋好榜样》这首歌就在全国流传开来，家喻户晓，妇孺皆知，并在全军第二届文艺汇演中获优秀创作奖。

二、 伟大的普通一兵

● 小雷锋拉住一位解放军连长的手说："我要去当兵，带我去吧。"

● 张书记把螺丝钉放在雷锋手上，语重心长地说："一颗螺丝钉，别看它不起眼，缺了可不行……"

● 雷锋从稀泥中拔出脚来，对小叶说："我想搞个土吊车运泥，你看行不？"

在阳光下幸福成长

1949 年，雷锋的家乡解放了。

大人们忙着组织农会，孩子们则组织儿童团。雷锋和全乡的孩子一样，精神抖擞地站在儿童团的队伍里。一天傍晚，雷锋正站在桥头放哨，只见远处来了一支队伍。战士们穿着整齐的黄色军装，背着发亮的步枪，雄赳赳气昂昂地朝这边走来。看他们的样子，多么威武啊！一面大红旗在队伍前飘着，美丽的彩霞映在上面，就像一团火。雷锋看着看着，一下明白了：这不就是咱们的救命恩人解放军吗？

雷锋跑着迎上前去，解放军叔叔拉住他的小手嘘寒问暖。这下可把雷锋乐坏了，他听说队伍要在乡里住几天，就高兴地领着队伍进乡，同乡亲们一起热情地招呼解放军同志。

几天以后，队伍要走了。小雷锋拉住一位解放军连长的手说："我要去当兵，带我去吧。"

"你为什么要当兵？"那位解放军同志问他。"我要去打敌人，我要报仇！""你的仇我们大家替你报。""不，我要跟你们一起去！""你的年纪还小，现在你的任务就是好好学习，等长大了好建设咱们的新中国。"连长好说歹说，才把他留了下来，临走时，还把自己的一支钢笔送给了他。

几天后，雷锋的家乡轰轰烈烈的土地改革斗争开始了。

雷锋和乡亲们一起高喊："打倒恶霸地主，讨还血债！"

在斗争大会上，雷锋看到被绑押的地主，非常激动，许多往事涌上心头。他跑上台去，红着脸，流着泪，控诉地主阶级对他们家的剥削和压迫。

雷锋非常愤怒地指着那个曾经砍过他三刀的地主婆子："我上山砍柴你都不让，还砍了我三刀。真想不到，你这地主婆也有今天！你还敢砍我不？你还敢欺压穷人不？"

在群众的声讨下，昔日作威作福的恶霸地主都纷纷低头认罪，受苦受难的乡亲们终于翻身了。

年幼的雷锋对党充满感激之情，他知道是党领导穷人翻了身，是党帮他报了仇。

土地改革结束以后，雷锋和乡亲们一样，分到了土地和粮食。最让雷锋感到高兴的是，在政府的关心下，他居然有了上学的机会。

开学第一天，雷锋第一次穿上了从地主家分来的新衣服，背上书包，在灿烂的阳光下，和那些贫苦农民的孩子们一起，兴高采烈地走进了学校的大门。

开始上课之前，老师发给雷锋两本书和一个笔记本。雷锋看到小朋友们都交书费、学费，便把过春节时乡长

伟大的普通一兵

彭大叔给他的压岁钱拿出来，交给老师。

老师和蔼地笑着说："学校不收你的费用，你免费读书。"并亲切地对他说："你们能读书，这是共产党的恩情啊！"

雷锋激动地翻开书的第一页，凝视着毛主席那慈祥的面容，感到十分亲切和幸福。

雷锋在学校里表现十分优秀。

每天一大早，雷锋来到学校里的第一件事就是打扫教室，他先把桌椅、黑板都擦得干干净净，然后就坐下来读书、写字。

雷锋对每一门课都认真地听讲，从不放过一个小小的疑问。他作业本上的字总是写得工工整整，而且从来都是按照老师的布置和要求按时完成。

由于雷锋学习用功，各门功课的成绩都是优秀以上。1954 年，雷锋光荣地加入了少年儿童先锋队。在隆重的入队宣誓大会上，辅导员给他戴上红领巾。

雷锋兴奋地抚摸着红领巾，庄严地宣誓："我是新中国第一批少先队员，一定要用实际行动把红领巾染得更红！"

从此，雷锋每天都戴着这条鲜艳的红领巾去上学。

雷锋还非常珍爱少先队的红队旗。一次外出过队日，雷锋举着队旗，不料途中突然下起大雨，他急忙脱下自己的衣服包住队旗，自己被大雨淋透了也毫不在意。

雷锋在校期间，还积极协助学校少先队组织开展工作，并以极大的热情参加各种宣传和文体活动。无论少先队交给他什么任务，他都想尽办法出色地完成，因此他多次受到老师的表扬和学校的奖励，并被选为中队委员。

1955年，雷锋转到荷叶坝小学读书。当时，这所学校还没有建立少先队组织，他就成了这里唯一的一名少先队员。

"六一"儿童节，少先队决定到湖南烈士公园过一次有意义的队日。从学校到烈士公园要步行15公里多路，这样一来，沿途打大鼓的任务就显得非常艰巨，雷锋便主动承担下来。

行进途中，身材瘦小的雷锋，打着大鼓走在最前面，队员们踏着鼓点，唱着《少先队员之歌》，迈着整齐的步伐，向长沙市进发。

走出七八里路，雷锋已累得浑身是汗。辅导员见了，忙派一名同学来替换他背鼓。

雷锋笑笑说："不用换，我能行！"说着挺起胸膛，扬起小手咚咚咚把鼓擂得更响了。

途中休息之后，辅导员见雷锋太累了，又派一名同学来替换他，可雷锋却说："打鼓的任务我已经领下来了，应该由我来完成。"于是他又背起大鼓继续前进。

身材矮小的雷锋，顶着烈日，背着一个好几斤重的大鼓走15公里多路，还边走边敲打。他越走越觉得吃力，但此时他的心中只有一个信念：坚持，朝着既定的

伟大的普通一兵

目标，坚持前进，坚持到底！

终于到达烈士公园。雷锋先是小心翼翼地放下大鼓，然后才解开衣襟，让清爽的风轻轻吹拂着自己，脸上露出了胜利的微笑。

1956 年，雷锋以优异的学习成绩，在荷叶坝小学毕业。

在毕业典礼大会上，雷锋的心情十分激动。在代表毕业同学上台发言时，他情不自禁地朗诵起这样的诗句：

> 我们是新中国的儿童，
> 我们是新少年的先锋，
> 团结起来，
> 继承着我们的父兄，
> 不怕艰难，不怕担子重，
> 为了新中国的建设而奋斗，
> 学习伟大的领袖毛泽东。

县委书记言传身教

　　小学毕业后，雷锋已经成为当地一个很有知识的年轻人，他决心为建设家乡做贡献。彭乡长见他人小志气大，就留他在乡政府当通信员。

　　那时，乡政府正忙于做秋收的准备工作，缺少人手，雷锋每天除了完成通信员的本职工作外，还主动帮助搞秋征统计，填制报表，有什么工作都抢着干，从不拈轻怕重。

　　很快乡政府就推荐他到中共望城县委当公务员。

　　乡长还给雷锋买来蚊帐、热水瓶和一套新衣服，亲自把他送到县委办公室。

　　雷锋初到县委工作的时候，还像个孩子。县委的同志见他年岁小，手脚又勤快，都非常喜欢他，大家亲切地称呼他"小雷"。

　　据当年的望城县委机要秘书、团支部书记冯乐群后来回忆：

　　1955 年 11 月，15 岁的雷锋进了县委机关，我和雷锋朝夕相处两年时间，我比雷锋年长几岁，我是团支部书记，兼管机关行政工作。那时，我和雷锋经常跟着张书记下乡。雷锋性格

活泼，走到哪唱到哪。一个穷人家孩子，走进党的领导机关怎么能不高兴呢？

他机灵勤快，办事主动，他保管的各种物品很少丢失和损坏。大家都喜欢他。但也有人反映他调皮，我看是年轻人的活泼。不久，雷锋向我提出："老冯，我也可以入团吧？"我就把团员基本知识书送给他看。他看过后，庄重地提出了入团申请。由于他工作努力，进机关8个月就入了团……

一次，雷锋跟着张书记一起下乡，看见路上有一颗螺丝钉，他上前踢了一脚就走开了。张书记看见了，却不声不响地走过去，弯下身子把螺丝钉捡起来，抹去尘土看了看，然后装进衣袋里。

雷锋当时觉得很奇怪：县委书记捡一颗螺丝钉干什么？

过了几天，雷锋要到一家工厂去送信，张书记掏出了那颗螺丝钉。

"小雷，把它一起送到工厂去吧。咱们国家底子薄，要搞建设，就得艰苦奋斗啊！"

张书记把螺丝钉放在雷锋手上，语重心长地说："一颗螺丝钉，别看它不起眼，缺了可不行，就像你这个公务员，别看职务不高，我们的工作缺了你也不行！"

雷锋凝望着张书记，又低头看看手中的螺丝钉。那一瞬间，他明白了许多的道理。

一天夜里，张书记在办公室看文件、写材料，雷锋像往常一样，坐在他的旁边学习。

"小雷，你去睡吧。"张书记催促说。

雷锋不肯走。过了一会儿，张书记又催他去睡觉，他还是坐在那里不肯走。深夜零点过后，他竟不知不觉地伏在桌子上睡着了。

张书记看见雷锋睡着了，怕他着凉，就脱下自己身上的大衣，轻手轻脚地披在雷锋身上，又坐下继续工作。雷锋一觉醒来，天都快亮了。他揉揉眼睛，见张书记还在聚精会神地工作，又发现张书记的大衣披在自己身上，他又低头看了看自己手背上被地主婆砍过的刀痕，眼泪不由自主地流了下来。

张书记放下笔，上前问道："又想起过去了？"

"嗯……"雷锋有些不好意思地点了点头。

张书记沉思片刻，拉着雷锋的手，语重心长地说："常常想着过去，不忘过去，是很重要的。一个革命者，要从过去的苦难中汲取精神力量，推动自己更好地为革命工作。"

张书记看着雷锋手背上的刀痕，接着说："小雷，现在我们解放了，生活也逐渐好起来了。但是，我们的新中国还很年轻，你也很年轻，今后要做的工作还很多很多，年轻人一定要好好学习，要有奋斗目标。"

雷锋想了想说："我的奋斗目标，就是在咱们机关当

伟大的普通一兵

个螺丝钉。"

"将来呢？我说的是将来。"

"将来……不论革命需要我做什么，我都会做一颗永不生锈的螺丝钉！"

张书记点点头，十分欣慰地笑了。

此后，雷锋工作的劲头更足了。

据冯乐群后来回忆：

　　雷锋的钉子精神在望城县就开始形成。他学习毛泽东著作，这不是假的，是真的。当时，全县只有张书记有一本毛泽东选集，雷锋发现了，就经常借过来学习，请张书记辅导。时间长了，这本书好像成了雷锋的，张书记用书反倒向雷锋借。雷锋读书主要靠晚上。当时工作很忙，县里都是晚上开会，雷锋便一边读书一边等着张书记回来，常常学到深夜。

　　……

　　雷锋学习的多了，提出的问题也多了，比如，"南方的地主恶还是北方的地主恶？"张书记回答他，"天下乌鸦一般黑。"

　　雷锋还读了一点马列经典著作。雷锋在收发室里看到了一本《辩证唯物主义和历史唯物主义》，就借过去读。我问小雷，"这么厚的书，你能看得懂吗？"雷锋说："我还尝到点甜头哩。"这一点，我是历史的见证人。

　　雷锋是小学文化程度，当时，望城县举办干部职工业余中学，分初、高中班，每周两个晚间学习，雷锋在初中班。我们都在这里学习，学校聘请了一批教学水平比较高的老师任教。

　　不管工作多忙多累，雷锋从没有间断过学习。他的文化水平，实际达到了初中程度，他喜欢引用名言、警句，还写过很美的诗歌……

冯乐群在谈到雷锋的时候，还回忆起一件令人感动的往事，他说：

　　有一次，雷锋又跟着张书记下乡，在新康乡的河堤上，一位老大娘边喊边走了过来，一把抓住雷锋，一定要请他到家里坐坐。

　　张书记感到好奇怪：小雷和大娘怎么这么熟？从大娘口中才得知，几天前，雷锋来这里参加抗洪抢险时，见大娘家里没有蚊帐，就把彭乡长给他买的蚊帐送给了大娘。他看到大娘家孩子多，生活挺紧巴，就在每次吃饭时，把自己的饭给大娘家的孩子拨一点。

　　大娘絮絮叨叨地说着雷锋的好处。雷锋红着脸说，应该感谢共产党，是党教导我这么做的。

伟大的普通一兵

张书记听后很高兴，但还是谦虚地对大娘说，我们做的还不够。可朝着小雷锋却忍不住夸奖了一句："你做得对，我们就该这样完全彻底地为人民服务。"

冯乐群回忆起雷锋这些往事的时候，如数家珍，他越说越激动，从椅子上站起来，大声说："记者同志，雷锋好啊，那时，我们的党风也真好啊！"

辛勤耕耘的拖拉机手

　　1958 年春天，望城县委决定在围垦起来的团山湖开办一个农场，让这片荒芜的湖沼地，变成鱼米之乡。

　　全县青少年积极响应县委的号召，提出要捐献一台拖拉机。

　　雷锋知道这件事情以后，立刻拿出自己省吃俭用节约下来的 20 元钱，全部送到团支部，说："我每月领的钱用不了，全交给农场买拖拉机吧！"

　　县委领导同志知道这件事情以后，都非常高兴。

　　张书记问雷锋："听说你把节约的钱全都交上去买拖拉机了？"

　　雷锋有些不好意思地点了点头。

　　张书记看着雷锋，脸上露出满意的笑容。他神情郑重地说："我们研究过了，想让你到农场去学开拖拉机，怎么样？"

　　雷锋高兴得差点跳起来，连忙说："我去！"

　　雷锋在学校念书的时候，就从书本上和电影中见过拖拉机。今天，真的就要去开拖拉机了，他怎能不万分激动呢？

　　雷锋来到刚刚筹建起来的农场，凝视着 1 万多亩正待开垦的土地，神情十分凝重。他知道季节不等人，他

伟大的普通一兵

面临的任务紧迫而又繁重。

拖拉机一开进农场，雷锋就勤学苦练起来。

每天一清早，雷锋就来到拖拉机旁，检查机器是否完好，油箱、油管有无泄漏，提前做好出车的准备，等师傅一到，只要发动引擎就可以出车了。

上工后，雷锋一边给师傅当农具手，一边认真学习驾驶技术。

收工后，雷锋还坐在驾驶台上，回顾一天出车的情况，模仿师傅的驾驶动作，细细领会技术要领。

晚上回来，雷锋就坐在灯下，认真阅读有关拖拉机的构造、维修保养和驾驶技术的书籍。

雷锋仅仅学了一个多星期，就可以单独试车了。这让周围的人感到十分惊讶。

3月的一个清晨，春风轻轻吹拂着大地，春季的蓓蕾闪动着晶莹的露珠，春天的团山湖显得生机勃勃。

雷锋行走在这片春意醉人的土地上，却无心欣赏四周的秀丽风景。他匆匆来到拖拉机旁边，开始细心地检查机件，擦洗机身，认真做好出车前的准备。

"看小雷试车去啦！"场部有人发出一声号召，立刻吸引许多人向停车场拥去。

大家兴奋地议论着：

"小雷真不简单，才学了几天，今天就正式试车了！"

"看他那股钻劲儿，真成拖拉机迷了。"

"选小雷学开拖拉机，算是选对啦！"

不一会儿，拖拉机旁围满了人，一双双热情的手伸向雷锋，预祝他试车成功。

雷锋充满信心地对大家微笑。

雷锋十分镇定地把着方向盘，拖拉机稳稳地行驶在机耕道上。

驶进大田后，雷锋果断地把农具升降操纵杆一压，随着拖拉机的前进，后面翻起一片片的泥浪。

试车结束后，大家都用敬佩的目光看着雷锋。他们知道，望城县从此有自己的拖拉机手了！

冯乐群后来回忆说：

雷锋学会了开拖拉机，高兴地给团山湖农场报投稿：《我学会了开拖拉机》。看到他的名字变成铅字印在报上，大家都称赞他挺有水平。

初夏季节，望城县忽然下了一场暴雨，八曲河水猛涨，新修的大堤随时有被冲垮的危险。农场内洪水横流，淹没了大部分的土地和庄稼。

雷锋看到自己的家乡遭受洪水的侵袭，感到十分焦虑。

本来，为了不误农时，雷锋和师傅轮流驾驶着拖拉机昼夜翻耕，歇人不歇机，仅仅用 3 个月的时间，就把 1 万多亩荒地全部开垦了出来。可如今却全被水淹没了。

这天傍晚，雷锋正冒着狂风暴雨和同志们一道抢险

伟大的普通一兵

排洪，突然听到有人喊："停放拖拉机的场地进水了!"雷锋听到这个消息，径直朝停放拖拉机的地方奔去。

看到洪水已经漫到车轮边上，雷锋就毫不犹豫地跳上驾驶台，把拖拉机发动起来，开向一块高地。

雷锋返回场部吃饭的时候，洪水越涨越猛。拖拉机虽然已停放在高地上，但他仍放心不下，又匆匆背上工具袋，提上一盏马灯，准备去守护拖拉机。

雷锋很快发现，通往停放拖拉机场地的道路，水深已达好几尺。

这时候，天已经黑了，雷锋无法看清道路，涉水过去是很危险的。到底应该怎么办呢?

雷锋皱紧眉头，想了一下，就转身跑回场部。

雷锋搬出一个打稻用的稻桶放在水里，又找来一根竹篙，他想坐上去，以稻桶做小船撑过去。

雷锋从来没划过船，加上风浪又大，他撑来撑去，稻桶却不听使唤，在水中摇晃得很厉害。

有的同志见了，连忙喊道："小雷，快回来，危险呀!"雷锋没有放弃，经过不懈的努力，他终于冲破风浪，把稻桶撑到停放拖拉机的高地。

雷锋把稻桶拴在一块大石头上，马上奔向拖拉机。

雷锋把油布揭去，这里敲敲，那里摸摸，看看机件是否完好无损，又试着发动了一下引擎，从响声中听不出什么毛病，这才如释重负地坐在驾驶座上。

洪水退去以后，雷锋每天清晨都驾驶着拖拉机，用自己辛勤的劳动去唤醒一片又一片沉睡的土地。

在家乡的土地上，雷锋不知疲倦地辛勤耕耘着。

秋收季节到了，沉甸甸的稻穗在团山湖农场的万亩土地上随风摆动。

雷锋放眼望去，到处是一片丰收的景象。他看到团山湖由往日的一片荒芜变成米粮之川，感到十分高兴，情不自禁地笑了。

和伙伴们一起北上鞍钢

　　农场秋收后的一天，县招待所有人给雷锋打了一个电话。接电话时，雷锋显得异常兴奋。

　　第二天，雷锋请假来到县招待所。给他打电话的人是原县委机关通信员小张，现在是县招待所的招待员。

　　小张告诉雷锋一个很重要的消息：鞍山钢铁公司派了一个招工小组来县里招收青年工人，现在就住在招待所里。

　　小张想报名到鞍钢去当工人，他希望雷锋能同他一起报名。

　　雷锋听到这个消息，心中立刻像长了翅膀似的，他征得县委领导的支持和农场领导的同意后，正式报名了。

　　报名填表时，雷锋和小张同时改了名字。

　　雷锋，原名雷正兴，他为什么要改名呢？这件事情小张最清楚。

　　小张，原名张稀文。年初县委机关人员下放，公务员雷正兴到农场开拖拉机，通信员张稀文到招待所当服务员。这次他们填写工人登记表时，小张因为念书很少，填表有困难，求雷正兴代笔。雷正兴填写自己的那张表时，提笔就在姓名栏里写了"雷锋"两个字。张稀文挺纳闷："你写的这是谁的名字？"

雷锋微笑着回答:"我的呀。'雷正兴'是个孤儿的名字,我早已经不是个孤儿了……这个'锋'字,我想了好久,是用山峰的'峰',还是用冲锋的'锋'?现在想好了,干脆到鞍钢去打个冲锋仗吧。"

随后,雷锋在帮助张稀文填表时,打趣地问道:"你为什么不自己填?"

小张有些不好意思地说:"家穷没念过几天书,文化太低嘛。"

雷锋看了一眼小张,意味深长地说:"你这'稀文'名字就不像个有文化的!"

雷锋想了一下,说:"干脆也改一个名字,叫'建文',怎么样?"

小张顿时高兴起来,兴奋地说:"好,写上!"

雷锋要到鞍钢去的消息很快就在农场传开了,大家纷纷向他表示祝贺,雷锋依依不舍地与他们告别。

鞍山钢铁公司在湖南湘潭、长沙、望城地区招收的最后一批青年工人离湘北上的那天晚上,长沙车站灯火闪耀,人流如梭。雷锋也在其中。

在候车室熙熙攘攘的人群中,有个圆脸短发、举止大方的女青年,她叫杨华,是望城县二中女子篮球队的队员,这次到鞍钢,她也报了名。

当雷锋在人群中发现杨华时,杨华非常庆幸在即将远离家乡的时候遇到一位熟人。以前她们二中篮球队曾和雷锋所在的团山湖农场篮球队一起打过比赛。

伟大的普通一兵

让杨华深感不解的是，鞍钢这次招工多半招的是乡镇待业青年，像雷锋这样有工作而且工作很好的人，为什么也要远离家乡到遥远的北方去呢？

闲谈之中，杨华说出了自己心中的疑问。雷锋半认真半开玩笑地说："哪里需要就到哪里去嘛！再说，我这个人打球都不服输，为祖国去炼钢，你们刚毕业的女学生都舍得离开家，我能甘心落后吗？"

雷锋拍了拍杨华带的篮球，问道："二中球队还有谁来啦？"

杨华笑着说："就我一个人。她们都舍不得离开家。"正说着，张建文赶到候车室来了。他的情绪有些懊丧。雷锋一再追问，他才说他母亲病了，新婚的妻子拉后腿，若不是想到雷锋，他就不来了。

"那你还去不去？"雷锋关切地问，"大娘病得很重吗？"

张建文说："既然报了名，就不能打退堂鼓。妈妈的病家里有人照顾，你放心吧。"

这时，同车北上的新伙伴们都陆续到齐了。家住市里的人多半都有亲人来送行。

在雷锋他们对面就站着一位母亲，一边擦拭眼泪一边对跟前一个留着短辫的姑娘嘱咐着什么。

留短辫的姑娘眼圈都哭红了，嘴里还不断地说着："你回去吧，回去吧……"

那位母亲舍不得离开女儿，就那样默默地站着。

雷锋走过去，亲热地叫了一声大娘，说："天黑了，路不好走，女儿让您回去就回去吧。您放心，我们这么多人一路走，会互相帮助的……"

老人到底让雷锋给劝回去了，姑娘脸上也露出了笑容。这时候，鞍钢招工小组的一个同志，站在椅子上宣布旅途注意事项和编组名单。

雷锋被指定为第三组组长。组员是张建文、杨华等20多人。其中还有两名女同志，一个叫易珍，就是刚刚送走母亲，脸颊上还挂着泪珠的姑娘。另一个叫张棋，梳着两条又长又黑的大辫子，是个眉眼清秀的乡下姑娘。有个男青年一直陪伴在她身边，像是送行的，又像是同路的。

雷锋和本小组的伙伴一一打过招呼，逐个分发车票和旅途生活费。

检票铃声一响，雷锋便招呼本组人员排队进站台。

雷锋让3个女同志排在小组最前边。他照看着小组人员依次进了站台以后，便挑着行李跑到大家前面去了。

杨华以为他准是想先上车给小组的人多占几个座位。没想到他跑到车门口，不仅没有立即上车，反而一耸肩撂下行李担，他一面清点本小组上车的人数，一面帮助大家往车上搬递笨重的行装。

杨华挤上车以后，凭着她打篮球练就的敏捷身手，转身就把自己的背包、网袋、篮球往靠近车门的几个座位上一放，立即喊张棋和小易过来坐。

伟大的普通一兵

帮助张棋拿东西的那个小伙子，刚要转身坐在杨华身边的空座位上，杨华急忙摆摆手说："对不起，这个座位有人了。"

"还有谁呀？"张棋正往行李架上放东西，有些不满地问。

"咱们雷组长还没上车呢！"杨华盯着那个男青年反问一句，"他是谁呀？不是我们小组的吧？"

"他是我表哥，给编到第二组去了。"张棋转过身，无奈地对她表哥说，"这里没有你的座位，赶快回你们小组去吧。"

这位表哥很不情愿地走开了。

小易刚把行李放好，就"哗啦"一声打开车窗，探出头向车门口张望。杨华以为她母亲又回站台上来了，却听小易说："杨华姐，你快喊雷组长把自己的东西递上来吧，他还在车门口扶老携幼地忙碌呢。真是的！"

"组长，快把你的东西递过来！我们给你占了一个座位。"杨华探出头，冲雷锋喊道。

"要得！"雷锋向她们扬扬手，就把他的东西从窗口一件件递上去：一个半旧的蓝布行李包，一只沉甸甸的藤条箱子，还有那根小巧油亮的竹扁担。

雷锋递完东西以后，又搀扶着一位拄拐杖的老汉上车。

杨华招手让雷锋过来坐，他却乐呵呵地把座位让给了拄拐杖的老汉。

共和国的历程·雷锋精神

火车开出几站地，坐在小杨身边挂拐杖的老汉下车了。张棋和小易仰靠在椅背上睡着了。杨华也困得刚要眯起眼睛，只见雷锋朝这边走来，那神情、步态，竟毫无倦意。

雷锋向杨华点点头，便从行李架上把他那只沉甸甸的藤条箱子抱下来，打开箱盖想找什么东西。杨华低头一看，里面装的多半是书！

"你的书可真不少！"

"我喜欢看书。你呢？"

杨华摇摇头。她看见雷锋找出一本《钢铁是怎样炼成的》。她熟悉这本小说的名字，还能背诵"人最宝贵的东西是生命……"那段充满豪情的话，但她是从名人名言中学来的，并没有读过全书。

杨华留心看了看插放书签的位置，知道雷锋已经读了一大半。

到了后半夜，车静人乏，杨华和小易头对头地伏在茶几上睡着了。张棋也睡了。只有雷锋在埋头看书。

杨华一觉醒来，车窗外已透出淡淡的晨光，她扭头一看，发现雷锋不见了，只有那本《钢铁是怎样炼成的》放在座位上。

杨华拿起书看看插放书签的位置，就晓得雷锋准是一夜都没睡。

杨华拿出牙具走进列车洗漱间，看见雷锋正在洗头。

雷锋一扬脸，从镜子里瞧见杨华，说道："睡得

伟大的普通一兵

043

好吗?"

杨华说:"嗯,你可看了一夜书,你就不困?"

雷锋甩了甩湿漉漉的头发,说:"你瞧,用冷水一冲就把瞌睡冲跑了。"

杨华用敬佩的眼光看着雷锋。

列车继续北上。

雷锋望着车外飞快闪过的山川、树木和村落,想到自己很快就要成为祖国钢都的一名工人了,心情顿时激动起来。

决心当好一颗螺丝钉

　　雷锋和他的伙伴们来到鞍山的时候，受到了热烈的欢迎。鞍钢的同志们敲锣打鼓，欢迎远道而来的青年伙伴。雷锋走下火车，看到鞍钢宏伟的建筑，高大的厂房，耸入云霄的烟囱，四通八达的运输线，不禁感叹道："我们的鞍钢真大呀！"

　　厂里很快就开始给新来的青年工分配工种了。

　　一心想当炼钢工人的雷锋被分配到化工总厂洗煤车间。他没有这个思想准备，见到洗煤车间于主任就坦率地说："我是来炼钢的，我的志愿都填在表上了，可为什么还把我分配到洗煤车间来？"

　　车间于主任是位老工人，他很喜欢雷锋这种直爽的性格，他亲切地上前拍了一下雷锋的肩膀，说："小伙子，组织上考虑你曾开过拖拉机，因此现在分配你来当推土机手，这个安排很得当嘛。"

　　"当推土机手？"雷锋想到参观煤场时的情形，喃喃地说，"开推土机和炼钢有什么关系？"

　　于主任解释说："你刚来，还不了解炼钢的复杂过程，让你开推土机也是为了炼钢啊！拿咱们洗煤车间来说吧，如果每天不把大量的煤炼成焦炭，炼铁厂的高炉能炼出铁来吗？如果不把炼焦时产生的煤气输送到炼钢

伟大的普通一兵

厂去，他们怎么能炼出钢来呢？所以，大工业生产就像一架机器，每个厂、每个车间、每个工种，都是这部机器上的零件和螺丝钉，谁都离不了谁。你想想，机器缺少了螺丝钉能行吗？"

雷锋听车间主任这么一讲，顿时明白了其中的道理，他下决心要在鞍钢这架大机器上当好一颗小小的螺丝钉。

雷锋高高兴兴地来到班上，看到大小型号的推土机正在煤场上作业，他立刻找到值班主任要求跟班干。值班主任见他个头矮小，便指着一台小型号的推土机，说："今后你就跟那台小号车子干吧。"

雷锋却说："为什么跟小的？那儿有几辆大车子，为什么偏偏让我跟小的？我要求跟大车子学。"

"开大车子是很吃力的。"

雷锋毫不犹豫地说："吃力不怕，能多干活就行！"

值班主任很喜欢雷锋这股冲劲，马上领他到 80 号大型推土机旁，指着车上的一位老司机说："今后，你就跟这位李师傅学吧。"

雷锋这下高兴了，他没等李师傅停稳车，就爬上那辆像坦克一样大小的推土机，紧紧握住李师傅的手说："师傅，收下我这个徒弟吧！我保证很快就学会它。"

李师傅知道雷锋过去开过拖拉机，很高兴收下这个徒弟，只是有些担心地说："你这个南方小鬼，刚来到东北就赶上了冬天，开推土机又是露天作业，你受得了吗？"

"师傅，你放心，什么困难也难不住我。"

就这样，雷锋迎着越来越冷的寒冬，开始学习操作推土机的技术。每天他都提前上班，做好准备工作，等李师傅一到，立即就能作业。

李师傅开车的时候，雷锋就站在一旁留心观察，琢磨着开推土机和开拖拉机有哪些不同，又有哪些相同。

每当钳工来检修推土机时，雷锋都不放过这个难得的学习机会，通过帮助钳工检修机器，进一步熟悉推土机的构造、各种部件的性能，以及拆卸安装的技术。

一次，推土机的油泵突然出了毛病，李师傅正要动手检修，雷锋马上拿起检修工具，说："师傅，我来修。"

"你能行吗？"

"试试看吧。"雷锋说完，立即钻到车盘底下，仰卧在煤地上进行检修。

雷锋虽然弄得满身都是煤灰和油渍，但他很快就修好了油泵。

李师傅感到十分高兴，逢人就说："在我教的徒弟里，数小雷岁数小，可他是学得最好的一个，像他这样勤奋、虚心，没有学不会的技术。"

雷锋驾驶的 80 号推土机，机头很高，由于他个子矮小，坐着开车很困难，而且还看不到前面的大铲子，站起来车棚盖又碰脑袋，所以他不得不经常猫着腰干。

值班主任看见雷锋开大车子实在是太吃力了，就想给他换个小车子，好稳稳当当地坐着开。可是，值班主

伟大的普通一兵

任磨破了嘴皮，雷锋也不肯换。

有一次，一场大雪覆盖了煤场。雷锋上班后，主动站在雪地里指挥铲煤，让李师傅坐在驾驶室里操作。

休息时，雷锋让师傅进屋去暖和一下，自己则又开动车子干起来。

因为雪大路滑，车子猛一颠簸，撞歪了通廊下的小铁道。听到车前一响，车身抖了一下，雷锋立即停下车来检查。

李师傅赶过来一看，严肃地批评道："我说小雷，你怎么这么莽撞！只知道完成自己的任务，你撞坏了通廊小铁道，人家可怎么完成任务？"

雷锋当学徒3个月来，第一次出事故，第一次挨批评，不由得脸上火辣辣的，但他一声不吭，利用休息时间，同李师傅一起修好了小铁道。

为了这件事情，雷锋一夜都没睡好觉。

从此，雷锋工作起来更加认真，更加负责任了。

雷锋开着推土机，恨不得一下子就推倒一座山，几乎月月都超额完成任务。

用推土机铲煤，有时难免会把地上的泥土铲进煤里。像山一样的煤堆，铲进一点泥粒本来算不了什么。可雷锋却不这么认为，他觉得只要有一点泥土掺进煤里，就会影响炼焦质量，焦炭质量不好，就会影响炼钢、炼铁，这可不是小事情。

雷锋细心钻研推土机的落铲技术，尽力做到既能把

共和国的**历程**·雷锋精神

煤铲净，又不带进一点泥土。如果发现煤里带进了土，他就立刻下车把它挑出来，见到别人驾驶的推土机带进了泥土，他也帮助人家设法把土挑出来。

雷锋这种认真负责的工作态度，感染了其他的推土机手，大家都自觉地学习他的做法。

一次，值班主任在大会上表扬雷锋这种兢兢业业的工作态度。会后，雷锋找到值班主任说："主任，你为什么老表扬我呀，还是给我提提缺点吧！"

值班主任说："你为啥老叫人家提缺点呢？"

雷锋十分真诚地说："煤里有土会影响炼焦质量，我们就设法把它挑出来。人有缺点也是一样，不设法挑出来，也会影响进步啊！"

伟大的普通一兵

青年突击队里的红旗手

几个月后，鞍山钢铁公司决定在矿山新建一座焦化厂。领导一动员，雷锋第一个就报名了。

有人说："新单位条件差，环境艰苦。"

雷锋却全不在意。

在雷锋的带动下，不少人都主动报名。

1959 年 8 月，骄阳似火。雷锋和伙伴们来到位于弓长岭偏僻的山脚下的焦化厂。

这里的环境果然很艰苦。

工人宿舍还没有盖起来，大家暂时住在破旧的土房里。食堂是临时搭的大席棚，厨房是露天灶，每天走的是坑洼不平的山路，吃水和用水都要到离工地 1 公里多远的河里去挑。

许多人都感叹："这里的工作、生活条件，与鞍钢相比，真是差得太远了！"

雷锋却没有想这些，他一来到工地，就帮助大家搬行李、整理床铺，里里外外忙得最欢。

工地团总支李书记知道雷锋是从鞍钢化工总厂来的先进生产者，曾出席过鞍山市青年社会主义建设积极分子大会，是一名优秀的共青团员。又看他自打来到工地以后，就从早忙到晚，没有闲着的时候。于是，他把雷锋叫到身边说:"看得出来,你和那些怕吃苦,不安心工作的同志不一样,希望你以后在这里更好地发挥模范作用。"

雷锋很爽快地答应了。

一天夜里,刮起了大风,破土房里更加寒冷了,大家都没有睡好觉。

"冷吧,小雷?"挨着雷锋睡的一位老师傅,将压脚被盖在雷锋身上。

"我不冷,你盖吧。"雷锋又把被子还给老师傅。

"南方小鬼,比不上北方人抗冻!"老师傅还是给雷锋盖上了。

"师傅,我什么苦都吃过……"雷锋见大家都睡不着,就讲起自己童年的苦难。

有的人听着听着,流下了眼泪。

雷锋最后说:"比比过去,想想现在,眼下有个睡觉的地方就是福啦!"

那位老师傅感动地又给雷锋掖掖被角,说:"睡吧,睡吧,等把宿舍盖起来就好了。"

在修建宿舍的过程中,运石头,雷锋拣重的挑;运木料,他挑大的扛。发现好人好事,他就编快板、写墙报,进行宣传。

人们感觉雷锋走到哪里都像一团火,使他身边的每一个人都感到特别温暖。

领导把雷锋编进青年突击队,共青团员们选他当团

伟大的普通一兵

支部宣传委员。

入冬以后，东北山区格外冷，这无疑给施工带来新的困难。领导把和泥这个最累、最脏的活，交给雷锋所在的青年突击队小组。

干了两天，雷锋发现砌砖和运砖的同志上班后，要等和泥小组把泥和好才能开始干活，每天都为此窝工个把小时，影响施工进度。

为了不窝工，雷锋发动和泥小组的几个共青团员提前上班，每天天不亮，别人还在熟睡的时候，他们就来到工地先和好一堆泥，等砌砖和运砖的同志一上班，就可以马上干活。

但是，大家只用铁锹、二齿钩子拌和，进度慢，硬土块还搅拌不开。为此，砌墙的同志有意见了："这是和的什么泥？疙瘩溜秋的，一点都不好用。"

雷锋觉得人家说得对，他二话不说就脱下鞋，挽起裤腿，踏进泥水里，用脚踏碎土疙瘩。

工段领导怕冻坏他的脚，连忙取来胶靴叫他穿上。可穿上胶靴，一踩进泥里，胶靴就被粘住，拔不出来。劲没少费，泥还是和不均匀。雷锋干脆把靴子甩掉，又光脚踩泥了。

在雷锋的带动下，伙伴们也照着他的样子干了起来。泥水冰冷刺骨，砂石、乱草扎得脚生疼，但他们毫无怨言，一直坚持这样干，终于和出好泥，保证了施工质量。施工进展很快，砖墙越砌越高。但是，墙砌得越高越不便于运泥。

雷锋一边赤脚踩泥，一边琢磨：能不能找个窍门？他站在泥里比比画画的，谁也不知道他想干什么。

同他一起从湖南来的小叶，好奇地问道："你比比画画地想干什么？"

"来，帮我参谋参谋。"雷锋从稀泥中拔出脚来，对小叶说，"我想搞个土吊车运泥，你看行不？"

说罢，他把大家叫在一起，在地上画着图，讲解他的想法。

"行，保管行！"伙伴们都赞成他的想法，并立即向工段领导进行汇报。得到领导的支持以后，当天他们就在工地上架起"横杆吊斗"，经过试验，完全适用，吊泥、吊砖、吊瓦都行，大大加快了施工进度。

到了11月末，天气越来越冷，早晚已经开始结冰了。工程急需在严冬前完工。但这时打地基的石头用完了，工地附近的石头也捡光了，等采石场运回石头来，不知要等到哪一天。于是，雷锋和青年突击队的同志到处去找石头。

这天，雷锋和小叶发现离工地不远的河沟里有不少石头。他们找来钢筋钩子往上捞。一钩一滑，捞不上来。他们便脱下鞋袜，挽起裤脚，踏碎岸边的冰碴，蹚着水去捞。深的地方，水浸没膝盖，冰得腿脚生疼，他们咬着牙，坚持把石头一块一块地往岸上搬。

干了一阵，雷锋对小叶说："光我们两个人干不行，

伟大的普通一兵

要把大家都喊来，人多力量大。"

雷锋跑回工地，把青年突击队的人全找来了。大家一看河里有石头，都跟着雷锋跳下水去捞。供不应求的问题就这样解决了。

雷锋在工作中的表现受到伙伴们的普遍称赞。他一次又一次地被评为生产红旗手。

白天劳动一天，晚上业余时间大家便下下棋、打打扑克，雷锋有时也和大家一起玩玩，但更多的时间他都是用来学习。有时晚上开会，把时间挤掉了，他宁肯少睡一会儿，也要坚持学习。因为这事，老师傅时常劝他："你这样看书，非把眼睛看坏不可。半夜三更的，别把身体搞垮了。"

雷锋对同志们的关怀、爱护是十分感激的，但他一拿起书本就忘了伙伴们的劝告。于是有人又从另一个角度向他提意见："你一看书就是半宿，浪费公家的电不说，还影响大家休息。"

这倒引起雷锋的重视，任何不利于集体的事他都不会去做的。刚好这时车间调度室修好了，到了晚上，他就跑到那里去读书。

一天晚上，雷锋正在新建的调度室里看书，忽听外面哗哗地下起雨来。

雷锋走出调度室，风雨迎面扑来，天黑得伸手不见五指。

住在这里的调度员十分着急地说："工地上还有六节

车皮的水泥没卸下来，遭雨一淋，就要变质，得赶快叫人抢救！"

雷锋一听，吃了一惊，水泥是国家财产，绝不能让它受到损失。

雷锋顶风冒雨跑回宿舍，叫上20多个小伙子，又把自己的衣服、被子都抱到现场，盖在水泥上，然后又组织大家分头找雨布，找芦席，抬的抬，盖的盖。经过一场雨夜激战，7200多袋水泥丝毫没有受到损失，可是雷锋的衣服、被子却连泥带水搞了个一塌糊涂。

雷锋在焦化厂工地工作期间，多次被评为先进生产者和红旗手，并荣获"青年社会主义建设积极分子"称号。

伟大的普通一兵

参军入伍争当优秀战士

1960年度的征兵工作开始了，雷锋一得知消息就睡不着了。

那天夜里，外面下着雪，凛冽的北风刮得屋外什么东西咕咚咕咚地响，雷锋总觉得那是应征伙伴们跑去报名的脚步声。

总算等到凌晨3时，雷锋一骨碌爬起来，跑到负责应征报名工作的团总支李书记那里，砰砰地敲起门来。

团总支书记打开门，看见雷锋着急的样子，笑着问道："你呀，半夜三更不睡觉，这么早跑来干什么？"

"我是来报名参军的。"

"你也不把衣服穿好，等冻出病来，连枪也扛不动了。"

团总支书记把自已压在被子上的棉袄披在雷锋身上，拉他坐在床边，笑着问道："说说，你为什么这样急着要去当兵？"

其实，早在10年前，解放军的队伍路过家乡时，雷锋就曾要求跟着队伍走，只因那时年龄太小而没走成，但参军的愿望却一直埋藏在他心里。

此时，雷锋没有提起这件往事，只是简单地说："我是个苦孩子出身，吃过旧社会的许多苦头。我是在新社会里长大的，眼看着生活一天天好起来。这好日子来得不容易呀，受过苦的人，谁不想保卫它！"

团总支书记听完他的话，答应给他联系一下，但又说："你小子，体质也不太好，体检合不合格，我可不敢担保。"

后来，武装部的领导同志和工程兵派来接兵的荆营长，专门研究雷锋的入伍问题。他们认为，雷锋虽然身体条件差些，但是立场坚定，政治素质好，还在农场开过拖拉机，在工厂开过推土机，多次被评为社会主义建设积极分子和先进生产者，相信他入伍后会成长得更快。最后决定：批准雷锋入伍。

1959 年 12 月，19 岁的雷锋和战友们一起走进军营。

雷锋到部队的第一天，就接到一项特殊的任务：代表千余名新战士发言。

在全团欢迎新战友的大会上，刚刚穿上军装的新兵们兴奋异常，脸上都带着幸福的微笑。

在热烈的掌声中，新兵雷锋精神抖擞地登上了大会的讲台。

全场的目光顿时集中在雷锋身上。

雷锋昂首挺胸站在话筒前，他虽然个子不高，却显得朝气蓬勃。他抖了抖落在身上的雪花，小心地从裤袋里掏出讲稿，操着浓重的湖南口音大声念道："敬爱的首长和全体老同志，让我代表新战士……"

雷锋刚讲了两句，大风就把他的讲稿吹叠起来了。

伟大的普通一兵

雷锋极力想展开讲稿，可是淘气的大风仿佛故意与他作对，他刚把讲稿展平，没等张嘴又给吹乱了。

当时在场的团俱乐部主任陈广生想上前帮雷锋一把，没想到雷锋干脆把讲稿揣进裤袋，冲着话筒来了个即席发言：

> 我们这些新战士，在60年代即将开始的日子里穿上军装，扛起枪杆，真有说不出的高兴。我们当中有工人，有社员，也有学生，来自四面八方，可我们只有一个心愿：学好本领，保卫祖国，当个像样的兵。刚才团首长讲话，希望我们争当"五好"战士，依我说，有在座的领导，有老同志的帮助，别说五好，有个十好八好也保证当上。

陈广生后来回忆起当时的情景，他说：

> 当时，全场轰地一下被逗笑了。雷锋显得有点慌乱，抓着话筒又说了句："笑什么呀？我讲的都是实话。"雷锋转身向首长敬个礼，全场又响起一阵掌声。

陈广生现在已是年迈的老人了。但是，他至今依然清楚地记得雷锋在军营里的情景，仍然时时想起那个机灵可爱的雷锋。他感慨地说："时间越久，我就越怀念和普通人一样有着七情六欲，和普通人一样在阳光下呈现出多种色彩的雷锋。"

在新兵训练期间，雷锋所在班的薛班长对雷锋的训练成绩相当满意。

但开始练手榴弹掷远时，薛班长见雷锋个子小，体质弱，未免有些担心。

他说："雷锋，开始练投弹，你可能有些困难。遇到困难就说话，大家想办法帮你解决。"

"放心吧，班长，我什么困难也不怕！"雷锋很有信心地回答。

真叫班长猜着了。几天来，雷锋拼着全身力气练投弹，却怎么投都不及格。教练弹一抓在雷锋手里，就显得格外沉重，他费尽力气，投一次，不及格，再投一次，还是不及格。薛班长屡次向他传授要领，帮他纠正动作，雷锋也边琢磨边练，直甩得胳膊生疼，可就是达不到标准，真是急死人了。

中午回到宿舍，雷锋心里十分不安，唯恐自己一个人不及格，会影响全班训练成绩。更重要的是作为一名解放军战士，连个手榴弹都投不远，还说什么保卫祖国？雷锋越想越着急。

这个中午，雷锋没顾得上休息，撂下饭碗，抓起教练弹，又跑到操场练去了。

雷锋这样投来投去，一连几天，胳膊投得又肿又疼，

伟大的普通一兵

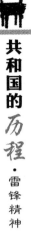
不但没有进步，反而越投越近。那些天他是觉也睡不好，饭也吃不香。

有的战友说："雷锋，不是我打击你的积极性，我看你再练也是白费力气，条件差嘛！"

"条件？"雷锋忍住臂痛笑了笑说，"条件差怎么办？我现在一靠自己练，二靠大家帮，不会白费力气的。"这天晚上，雷锋掏出钢笔，坐在灯下想记点什么。可当他看到自己剪贴在日记本上的黄继光画像时，顿时有了精神。

雷锋翻过黄继光的画像，翻到他刚入伍时写的日记，不觉轻声念道：

雷锋同志：

　　愿你做暴风雨中的松柏，

　　不愿你做温室中的弱苗。

雷锋合上日记本，悄悄抓起一颗教练弹，又到操场上去了。

雷锋不管雪冷风寒，使劲甩甩胳膊，运运劲儿，又开始练投弹了。他知道自己投弹不及格的主要原因是臂力不够。

为了增强臂力，他不管投多远，只要教练弹一出手，马上就追过去，抓起来再往回投、往回跑，就像一只小老虎在操场上来回奔跑。

练了投弹，他又去练单杠。由于杠子高，每上一次杠，都要使好大的劲。手握铁杠，冰凉刺骨。他咬着牙，反复做引体向上，锻炼臂力。一下、两下、三下……

直到双手再也抓不住杠子时，他才肯休息一下。

"雷锋！"突然有人喊了他一声。

他转身一看，原来是薛班长朝他跑来。

"你怎么能这样拼命练呢！走，快睡觉去！"

薛班长既是责备，又是关怀，上前拾起教练弹，拉起雷锋就走。"班长，让我再练一会儿吧。"

"想一锹挖口井是不行的，要练也得匀着劲儿练。"

"那我就参加不了实弹演习啦！"

"我看没问题。"

他们回到宿舍时，同志们已经睡着了。

薛班长帮雷锋铺好被子，催他快躺下，并小声地告诉他："往后别忘了，听到熄灯号就睡觉，这是制度。"

"嗯。"雷锋答应了一声，钻进了被窝。

雷锋一觉醒来，天还没亮，他又悄悄爬起来，向操场奔去……

十几天过去了。雷锋的努力没有白费，他终于超过了及格标准。

实弹考核的日子到了。

新兵连的战士们集合在靶场上，按照命令，一个接着一个，把手榴弹投向假设的敌堡。

"雷锋就位！"连长发出命令。

伟大的普通一兵

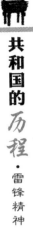

雷锋的心怦怦直跳。薛班长在旁叮嘱他要沉着，千万别慌。指导员也向他投来鼓励的目光。

雷锋满怀信心地拧开手榴弹盖，将小铁环套在指头上，全身一跃，跳出堑壕，冲过一段开阔地，在投弹线上猛力一甩，只听"轰"的一声，手榴弹命中敌堡。

这次考核，雷锋的成绩是"优秀"。

爱动脑筋好读书

3月份，新兵训练结束了。

一天，领导正式宣布新战士的分配名单。雷锋被分到运输连当汽车兵。

分配名单刚宣布完，雷锋就对新兵连指导员提了一个问题："当汽车兵能够上前线吗？"

"上前线？"指导员看着雷锋那严肃而又略带稚气的面容，马上猜透了他的心思，便笑了笑说，"打起仗来，汽车兵当然要上前线。"

雷锋点点头，高兴地说："只要能够上前线，当什么兵都行啊！"

"好！"指导员对他的回答很满意，接着问道，"今晚上开文艺晚会，你准备了什么节目？"

"我想朗诵一首诗，行吗？"雷锋有些腼腆地说。文艺晚会开始了。在一阵热烈的掌声中，雷锋走到台前，激情洋溢地朗诵道：

伟大的普通一兵

> 小青年实现了美丽的理想，
> 第一次穿上了庄严的军装，
> 急着对照镜子，
> 心窝里飞出了金凤凰。

党分配他驾驶汽车，

每日就聚精会神坚守在车旁，

将机器擦得像闪光的明镜，

爱护它像爱护自己的眼睛一样。

雷锋朗诵完这首诗，战友们热情地为他鼓掌。

雷锋在部队上，在刻苦学习杀敌本领的同时，依旧要抽出时间学习文化知识。

从那次新兵大会开始，雷锋和俱乐部主任陈广生逐渐熟悉起来，他发现陈广生那儿有很多书，便成了俱乐部的常客。

据陈广生回忆：

> 有一次，雷锋在我床头看到《鲁迅小说集》，便借了回去。过了一段时间，雷锋还书时，我问他读了哪几篇，雷锋说《呐喊》和《彷徨》里的许多篇都读过了。

陈广生实在佩服雷锋的阅读能力。

陈广生至今还记得，当他和雷锋谈起《祝福》中的祥林嫂时，雷锋突然有些伤感。

雷锋说："我这次看《祝福》，又掉泪了。祥林嫂悲惨的一生很像我的母亲。"

雷锋说到这里，泪水流了出来。他抹了抹眼角，说：

"我母亲受苦受了一辈子，死在旧社会，死得很惨。那年我只有六七岁。"

雷锋当时还向陈广生问了一个问题。他说："我文化水平低，有点看不明白，作者不会为祥林嫂祝福吧，也不是为鲁四老爷祝福吧，那怎么叫祝福呢？"

尽管雷锋还不是很懂大文学家的用意，但他却是那么喜欢鲁迅的作品。《祝福》这篇小说显然在他的心里荡起阵阵涟漪。

陈广生谈起这件往事的时候，感慨地说："我当时就觉得可不能小瞧了这个爱动脑筋的年轻士兵。"

伟大的普通一兵

刻苦钻研汽车驾驶技术

运输连一、二排是老兵排，三排是新兵训练排。雷锋被分配到三排学习开汽车。

雷锋虽然开过拖拉机、推土机，但时间都不长，再说开汽车和开拖拉机、推土机不可能完全一样。他便把汽车的构造、各种机件的性能和操作的方法，同拖拉机、推土机进行比较，找出它们的不同点。

车场上只要有一辆空车，雷锋就拿着笔记本爬到车上，钻到车下，对照着机件一件一件地熟悉它、掌握它。

这样，雷锋很快就把汽车的原理、构造和汽车的特点摸得一清二楚。

由于连里运输任务重，许多教练车都被调到第一线参加工地施工去了，这样一来，用于学习的车就很少了。而新兵排二三十人，每人每天轮流驾驶不了一次车。雷锋感到十分焦急。这可怎么办呢？

新战士小韩说："你们看过六班做的那个汽车模型吗？咱们能不能造个教练车？"

雷锋想了想，明白了小韩的意思："你是说，他们能做汽车模型，我们就不能造个汽车教练台？"

小韩说："就是嘛！咱们造不了汽车，造个教练台总可以吧。"

雷锋和战友们按照教材画了一张汽车教练台的设计图，得到三排长的支持后，就按图需要找来一些废旧物品，大家动手，你当木匠，他当铁匠，叮叮当当地，不到两天，就把它造出来了。

　　在安装方向盘时，雷锋用砂纸把它擦了又擦，涂上黑油漆，就跟新的一样。

　　小韩问："你把它打扮得这么漂亮干什么？"

　　雷锋说："汽车开得好坏，全靠掌握方向盘。"

　　小韩听了连连点头说："你真够细心的……"

　　做好的汽车教练台放在宿舍门前，新兵排的同志对它很感兴趣，这个上去练一练，那个上去学一学，都说和坐在教练车上学原地驾驶差不多。

　　雷锋抓紧一切时间，坐在教练台上反复练习踩油门、踏离合器、挂挡、掌握方向盘，就像开动真的汽车一样。运输连高指导员听了三排长的汇报，在全连军人大会上表扬雷锋刻苦钻研技术的精神。

　　一个月后，经过考核，雷锋成了一名合格的汽车兵。

　　5 月份，连队决定把雷锋从新兵训练排调到二排四班，交给他一台 13 号军用卡车，批准他跟老同志一起上工地，小韩给他当助手。

　　雷锋开卡车上工地时，更加小心谨慎。

　　一次出车前，雷锋和助手小韩在检查车辆时，发现一个豆粒般大小的火花塞帽不见了，找了半天也没找到。

　　小韩着急出车，便找来一个新的火花塞帽，说："把

伟大的普通一兵

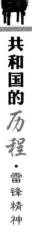

它换上，赶紧出车吧，今天任务很重!"

"任务重也不能这样走。"雷锋有些生气地说。

接着，雷锋又斩钉截铁地说："不找到这个火花塞帽，我们决不能出车。"

小韩见雷锋这样坚决，只得跟他一起将车辆机件拆开，细心查找，终于在汽缸里找到了火花塞帽。

这件事使小韩受到了很大的教育。他知道如果不是雷锋坚持要找，这车非出事故不可。

三、 无私奉献为人民

● 雷锋拿出钱，说："这是我对望花区人民的一点心意，请收下吧！"

● 雷锋在日记中写道："我要把这些钱攒起来，做一点有益于人民、有益于国家的事情。如果这是'傻子'，我甘愿做'傻子'。"

● 雷锋在日记中写道："对待同志要像春天般的温暖，对待工作要像夏天一样的火热……"

坚决请求参加抗洪抢险

1960 年 8 月初，抚顺地区遭遇洪水灾害。

洪水越涨越猛，淹没了庄稼，淹没了公路，淹没了洼地房屋。

人民的生命财产受到严重威胁。

8 月 3 日，雷锋所在的运输连接到抗洪抢险的命令。上级命令运输连到抚顺郊外上寺水库去参加抗洪抢险。此时，雷锋受了凉，肠炎也犯了，身体很虚弱。雷锋害怕自己不能参加抗洪抢险行动，感到十分焦急。

果然，李连长在分配任务时，考虑到雷锋的身体情况，决定把他留在家里值班。

命令刚传达完，雷锋就急忙奔到李连长跟前，生气地说："连长！你怎么能在这种时候把我留在家里?"

李连长望着雷锋那消瘦的脸颊，温和地说："你身体不好嘛。"

"谁说我身体不好?"

在雷锋的坚决请求下，他终于和部队一起来到直接威胁煤都安全的上寺水库。

水库周围已汇成一支强大的抗洪大军，成千上万的工农兵群众与洪水展开了猛烈的搏斗。

这是一个漆黑的夜晚，电闪雷鸣，大雨滂沱，水库

共和国的**历程**·雷锋精神

里的水位不断上涨，眼看就要漫过大坝了。

情况万分紧急！

市防汛指挥部当机立断，决定连夜开掘溢洪道，宁可淹掉部分庄稼，也要保住煤都！

突然，"哗"的一声响，坝边上一大片黏土被暴雨冲垮，泻了下来。雷锋在下边挖泥没防备，被砸了一身，手中的铁锹也被打掉了。

雷锋弯下腰去找铁锹，但天黑雨大，没有找到。没有了铁锹，他就用手挖泥，挖一块往上甩一块，有时甩不上去，土坨子掉下来打在身上，弄得他浑身上下全是泥水。一气干了很长时间，雷锋才觉得手指头火辣辣地疼，他直起腰来，走到微弱的灯光下一看，发现自己的手指被磨破了，并且流出了鲜血。

身边一个同志看见了，要雷锋去找卫生员。他说什么也不肯去。

李连长发现雷锋正在用手挖泥，考虑到他的身体不好，应该设法让他休息一下，于是高声喊道：

"雷锋！"

"到！"雷锋来到连长跟前。

"你马上到广播站去，把咱们连的好人好事宣传宣传。"

"是！"

过了一会儿，广播喇叭里响起了雷锋的声音。

当部队换班休息的时候，雷锋步履蹒跚地走上大坝，

无私奉献为人民

他突然感到一阵头昏，有些支持不住了。战友们连忙扶住他，但他还一再说："不要紧，不要紧……"

李连长叫来卫生员，吩咐道："你把雷锋扶到老乡家里去，让他好好休息一下，今天不许他再干了。"

卫生员扶着雷锋进村，来到一户老乡家里。这一家人都在大坝上抢险，家里只留一位老人照看着。

老人热情地照应着躺在炕上的雷锋，卫生员帮他包扎手上的伤，又给他吃药。

雷锋躺了一上午，出了一身汗，觉得精神好多了。这时，忽然听到窗外又响起换班的哨音，他猛地爬起来，掀开被子就要下地。

卫生员拦住雷锋，对雷锋说："你有病，我不能让你走，这是我的责任，也是连长交给我的任务。"

雷锋没有办法，只好又躺下来。

雷锋注视着窗外，他看到外面的大雨点像冰雹一样打在窗玻璃上，噼里啪啦，水流如注。他再也躺不住了。翻身拉住卫生员的手说："卫生员同志，你说，这洪水是不是跟凶恶的敌人一样？"

"这……"卫生员真不知该怎样回答他。

雷锋接着说："你说呀，黄继光在朝鲜战场上，为了祖国，为了朝鲜人民，用自己的胸膛堵住敌人的枪口，赢得了战斗的胜利，我们不应该向他学习吗？"

"这还用问！"卫生员被他的话感动了。

雷锋又很诚恳地说："那你说，我能因为这点病就躺在这里不动吗?"

"这……"卫生员犹豫了。

雷锋抓住这个机会，抽身下炕，抓起一件雨衣，又顶风冒雨奔向溢洪道……

经过 7 天 7 夜的连续奋战，咆哮一时的洪水，终于被制服了。

雷锋在这场抗洪斗争中表现优秀，荣立二等功。

无私奉献为人民

慷慨捐款支援灾区

1960 年 9 月，团政治处连续收到两封表扬雷锋的地方来信。一封是抚顺市来的，一封是中共辽阳市委来的。前一封信是抚顺市政府感谢雷锋支援他们 100 元钱的事。信中说：

> 雷锋同志热爱人民的一片红心，使我们全体干部、群众受到极大的鼓舞，给我们增添了克服困难的力量。当我们展望农村发展宏伟远景的时候，就自然而然地联想起人民的子弟兵解放军，我们深信像雷锋这样的好战士有很多很多……

中共辽阳市委的来信，也热烈赞扬雷锋给灾区人民寄去 100 元钱的深情厚谊。信中说：

> 党和毛主席十分关心灾区人民，已经派飞机运物资去支援了。灾区人民有信心战胜灾荒，克服暂时的困难。希望雷锋继续保持艰苦奋斗的革命精神，在保卫社会主义祖国的伟大斗争中作出新的贡献。

为了进一步了解雷锋的事迹，政治处派了一名干事来到运输连了解事情的经过。

事情原来是这样的：

不久前的一天下午，抚顺望花区的人民群众正在召开大生产动员大会。雷锋正好上街去办事，看到这个场面，心中的喜悦是难以形容的。

雷锋立即挤出人群，来到了储蓄所。

因为雷锋每个月都来存一次钱，储蓄所的同志已经认识他了，一见他来，就热情地说："雷锋同志又来存钱啦？"

雷锋笑笑说："不，这回我来取钱。"

"取，取多少？"

"看我存了多少吧？"

储蓄员翻到雷锋的账页，看了一眼说："203 元。""那我就取 200 元吧。"雷锋不假思索地说。储蓄员一听他要取这么多，便顺口问了一句："一定是家里有急事等着用钱吧？"

"家里……对，是家里等着急用！"

雷锋取出自己在工厂和部队长年累月积攒的 200 元钱，一阵风似的跑到望花区，找到党委办公室的一位同志，拿出钱说："这是我对望花区人民的一点心意，请收下吧！"

党委办公室的同志很受感动，说："你热爱人民的一

无私奉献为人民

片心意，我们收下，可是钱我们不能收，还是留着自己用或寄回家里去吧。"

雷锋恳切地说："人民公社就是我的家呀！假如我的父母还活着，一定不会拒绝他儿子给的钱。"

雷锋一再要求，公社仍不肯收，直到雷锋说得流下了眼泪，党委办公室的同志才答应收下一半。

这 100 元钱虽然不是很大的数目，但它却成为这里人民群众的一笔很大的精神财富。

事隔不久，当雷锋得知辽阳地区遭到百年不遇的大洪水，太子河两岸人民正在进行英勇的抗洪抢险斗争时，他的心又跟着紧张不安起来。

雷锋在那儿参军，在那儿生活、劳动过，也在那儿经受过艰苦的考验。他思念那里的伙伴和新建的焦化厂。

于是，雷锋写了一封慰问信，连同自己剩下的 100 元钱，顶着大雨跑到邮局，把信和钱一起寄给辽阳市委……

雷锋的高尚行为得到大家的普遍好评，但也有个别人说他"傻"。雷锋听到后没有放在心上，他在日记中写道：

有些人看我平时舍不得花一分钱，说我是"傻子"。其实，他们是不知道我要把这些钱攒起来，做一点有益于人民、有益于国家的事情。如果这是"傻子"，我甘愿做"傻子"。革命需要这样的"傻子"……

雷锋生前的战友说，雷锋自己从来舍不得随便花一分钱。

参军以来，雷锋每月领的津贴费，除了留下 1 角钱交团费，2 角钱买肥皂，再留些钱买书外，节余的钱，全部存入储蓄所。

雷锋穿的袜子补了又补，已经补得变了模样，还舍不得丢掉。他的搪瓷脸盆和漱口缸用了多年，上面的瓷掉了许多，也舍不得买个新的。

发夏装时，部队规定每人发两套单军装，两件衬衣，两双鞋。当司务长把这些东西发给雷锋时，他却说："我只领一套军装，一件衬衣，一双鞋就行了。"

"为什么只要一套？"司务长奇怪地问道。

"有一套就够穿了。"雷锋说，"即使我现在穿的这套带补丁的衣服，也比我小时候穿的不知要好上多少倍呢！剩下的一套给国家节约啦。"领完夏装不久，雷锋去参加沈阳部队工程兵举行的体育运动会，大热的天，真是又热又渴。不少同志在小卖部买汽水喝，他也掏出几角钱，想去买瓶汽水，可巧，这时有人送来开水，他又把钱收起来，转身去喝开水。刚巧被一个战友看见，战友和他争论起来：

"我说雷锋，你连瓶汽水也舍不得买呀！""喝点开水不是一样解渴吗？"

无私奉献为人民

"我真不明白，就你一个人，攒那么多钱干啥?"雷锋没有说话。

战友知道雷锋想省下钱去支援国家，就说:"咱们国家那么大，困难再多，还能缺你那几个钱!"

雷锋说:"你算算，每人一天节约一角钱，全国一天节约多少钱? 咱们是国家的主人，不算这笔账怎么行!"

当时的工程兵宣传部的摄影员张峻，多次接触过雷锋。他后来说:"有的同志看过《雷锋》电影，不知还记不记得有个叫王大力的战士扔雷锋的破袜子的镜头，还有雷锋以王大力的名字给他母亲寄去 20 元钱治病用的画面，这都是确有其事的。王大力总认为雷锋'小抠'，当他知道是雷锋以他的名义给母亲寄去 20 元钱之后，才改变了对雷锋的看法。"

热情帮助战友读书学文化

1960 年 11 月 8 日，雷锋，这个刚刚 20 岁的年轻战士，光荣地加入了中国共产党。

这天下午，雷锋从沈阳回到抚顺，刚巧连指导员高士祥在营部开完党委会，高士祥见到雷锋就高兴地说："雷锋，党委已经批准你的入党申请，从今天起，你就是中国共产党党员了！"

雷锋先是一愣，接着紧紧握住高士祥的手，眼里闪着激动的泪花。

"放心吧，指导员！为了党的事业，我不惜牺牲自己的一切。"

据高士祥后来回忆：

　　1960 年 11 月 7 日，我在入党介绍人一栏里郑重地写下了："雷锋同志牢记我军宗旨，全心全意为人民服务，爱憎分明，有坚定的政治立场。我自愿介绍雷锋入党。"

　　第二天中午，我回到了会议招待所，把支部大会通过雷锋入党的决议向团政委韩万金作了汇报，在会议休息期间，营党委委员专门为讨论雷锋入党的事召开了党委会，通过了运输

无私奉献为人民

连党支部批准雷锋入党申请的决议。

这天是 11 月 8 日，是雷锋终生难忘的一天。

雷锋入党之后，更加严格地要求自己。他在勤奋工作的同时，也更加努力地学习。

1961 年 11 月，一封聘书寄到还未出名的雷锋手中：

雷锋同志：

　　获悉你所在单位确定你为本报通讯员，我们表示热烈欢迎，特致函正式聘请……希望今后加强联系。

　　此致

　　敬礼

　　　　　　　　　　　　中国人民解放军报社

　　　　　　　　　　　　通讯联络组

　　　　　　　　　　　　1961 年 11 月 17 日

在雷锋的影响和带动下，战友们都以"钉子"精神坚持学习革命理论和军事技术。他们有的入了团，有的入了党。

雷锋挎包里的书，一天天地多起来，挎包里装不下了，他就钉了一个小书架，把书都放在书架上供战友们阅读。战友们称这个书架为"雷锋图书馆"，这里是大家的学习园地。

有个同志还编了首快板诗，热情称赞这个小小的"雷锋图书馆"：

不用上书店，

不用把腿跑，

不用借书证，

不用打借条，

你要想看书，

就把雷锋找。

小小图书馆，

读者真不少，

上至连长，

下至小乔。

小乔看不懂，

雷锋把他教，

念给他听，

指给他瞧，

两个小战士，

团结得真好。

雷锋为什么要办图书馆呢？事情是这样的：

小乔是和雷锋一起入伍的同班战友。小乔干起工作来奋勇当先，就是文化程度较低，一提学习就头痛。雷锋为了帮助他，就给他当小教员，不断给他讲学习文化

无私奉献为人民

的重要性，讲学习方法，把着手教他写字，还一再鼓励他增强学习的信心和勇气。

在雷锋的帮助下，小乔首先猛攻语文。经过一段时间的学习有了明显的进步，排里进行语文测验，他得了100分。

小乔高兴地举着成绩表对雷锋说："这100分，得分给你50分！"

雷锋也高兴得合不拢嘴了："干嘛分给我，这是你努力的结果呀。"

不久，连里又给文化水平低的同志增加了算术课。小乔上完第一堂课，就拍着脑袋对雷锋说："咱底子薄，消化不了这加减乘除。"

于是，雷锋又耐心地教小乔学算术，连教两天，小乔还是"消化不了"。

一天，雷锋在报纸上看到一篇《毛主席关怀警卫战士学文化》的文章，读完很受感动，立即找到小乔说："看，这里有篇文章，是专门写给你的。"

"专门写给我的?"小乔有点不信。

"你看嘛。"雷锋把报纸递给了他。

小乔一看上面有毛主席给战士讲课的照片，心里顿时感到热乎乎的，说："都写的啥内容，你念给我听听。"雷锋细心地读起来，时不时地还讲解几句，激励小乔坚定学习的信心。小乔边听边点头。

雷锋见小乔鼓起了学习信心，马上把事先给他订好的算术本和一支钢笔塞到他手里，说："拿去，好好学习。"

"给了我，你用啥?"小乔不肯要。

"快拿去吧，我还有呢。"

"那，把报纸也给我，我再好好看看。"小乔拿过那张报纸又细心地读起来……

过了一段时间，雷锋出了几道算术题想考考小乔。小乔接过题目一看，胸有成竹地说："不难不难。"

小乔坐下来刚要解题，一掏衣袋，糟糕，雷锋给他的那支笔不见了。他把所有的衣袋都翻遍了也没找到。雷锋看见小乔着急的样子，又把自己的另一支笔掏出来递给他，小乔接过笔，三下五除二地算起来。雷锋一检查，发现他全算对了。

"小乔，你进步真快呀!"

"还说呢，若不是你帮助我，我连加减乘除都分不清。"小乔边说边把笔还给了雷锋。

雷锋接过笔想了想，马上又递给他："这一支也送给你吧。"

"我不要，我明天上街买去。"

"快拿着吧!"

"那你…"

"我还有。"

后来，雷锋在日记中写道：

无私奉献为人民

对待同志要像春天般的温暖，

对待工作要像夏天一样的火热，

对待个人主义要像秋风扫落叶一样，

对待敌人要像严冬一样残酷无情。

雷锋的同班战友小周，本来是个爱说爱唱的小伙子。可雷锋发觉，自从他接到一封家信后，情绪便开始低落，笑话也不说了，家乡小调也不唱了。

"小周，怎么啦？"雷锋关切地问。

"没什么。"小周摇摇头不肯说。

经过侧面了解，雷锋才知道小周的父亲得了重病。

雷锋设法问清小周家的通信地址，用小周的名义写了一封信，同时给他家里寄去了10元钱。

不久，小周接到家里的回信说，寄去的钱已经收到，父亲吃药后，病好了很多，还叫他安心在部队工作，不要惦记家里。

小周感到非常纳闷。当他知道这钱是雷锋寄去的时候，感动得一把抓住雷锋的手，哽咽着不知说什么才好……

热心为群众做好事

一天，雷锋因公踏上从抚顺开往沈阳的列车。

雷锋看到上车的旅客越来越多，连忙把自己的座位让给了一位老人。他见列车员忙不过来，就主动帮着扫地，擦玻璃，拾掇桌子，给旅客倒水，帮助妇女抱孩子，给老年人找座位，帮助中途下车的旅客拿东西。一些旅客见他忙前忙后的，便让出自己的座位说："同志，看你累得满头大汗，快过来歇歇吧！"

雷锋笑着说："我不累。"

到沈阳车站换车的时候，一出检票口，雷锋就发现一群人正在围观一个领着小孩的中年妇女。

雷锋急忙走上前去，才知道这个中年妇女是从山东来的，要去吉林探望孩子他爹。路上不小心丢了车票。

这时候，围观的人们七嘴八舌地议论起来。

这个说："你再好好找找，是不是装错了地方？"那个说："到吉林去的车快开了，这位大嫂丢了车票可怎么上车？"只见那个中年妇女急得把所有的衣袋翻了一遍又一遍，还是没找到。

雷锋看看表，怕耽误那个中年妇女上车，便说："大嫂，别着急，跟我来吧。"

雷锋用自己的津贴费补了一张去吉林的车票，塞到

无私奉献为人民

那位大嫂手里说："快拿着上车去吧，车快开了。"

那位大嫂看着手中的车票，眼里含着热泪说："大兄弟，你叫什么名字？是哪个单位的？"

雷锋笑了笑，转身离去。

1961年5月的一天，雷锋冒雨到沈阳去。为了赶早车，他早晨5时就从床上爬起来，带上几个馒头，披上雨衣就走了。

在去车站的路上，雷锋看到前面有一位妇女身上背着一个孩子，手里还领着一个小女孩，在大雨中深一脚浅一脚地往车站的方向走。

雷锋急忙跑上前去，脱下自己的雨衣，披在那个背小孩的妇女身上，又背起地下走着的小女孩，陪同她们母子一同到达车站。

上车后，雷锋见那个小女孩冷得直打战，就把自己贴身的绒衣脱下来，给那个小女孩穿在身上。

雷锋估计她们也没有来得及吃早饭，就把带的馒头分给两个孩子吃。

火车到了沈阳，天还在下雨，雷锋就一直把她们母子送到家里。

那位妇女感动得热泪盈眶，她紧紧地握着雷锋的手，一时间说不出话来。

又有一次，雷锋到丹东作报告回来，早晨5时到沈阳换车回部队，过地下道时，他看见一位老大娘，拄着棍，背着个大包袱，很吃力地走着。

雷锋迎上去一问，知道大娘从关内来，是到抚顺去看儿子的。雷锋立即把包袱接了过来，一手扶着老人，亲切地说："大娘，我送您到抚顺去。"

　　老人高兴得不知说什么好。上车后，雷锋给老人找了座位，自己就站在老人身边。他问老人的儿子是干什么的，叫什么名字，住在哪里。老人说儿子是煤矿工人，出来好几年了。

　　老人没有来过抚顺，还不知道儿子住在哪里。老人说着，从怀里掏出一封信，递给雷锋。

　　雷锋仔细地看看信封上的地址，上面写的是抚顺市某信箱，雷锋也不知道，但他知道老人找儿子的迫切心情，就爽快地说："大娘，您放心，我一定帮您找到儿子。"

　　"那敢情好！"老人高兴得眉开眼笑。

　　火车进站后，雷锋背着老人的包袱，搀扶着老人，走出车站。

　　出站后，雷锋找了两个多小时，终于帮助老人找到了儿子。

　　母子俩见面，老人的第一句话是："儿呀，要不是这孩子一路送我，娘怕还找不到你呢。"

　　老人的儿子拉着雷锋的手，一再表示感谢。

　　雷锋在自己的日记里这样写道：

　　　　人的生命是有限的，可是，为人民服务是

无私奉献为人民

无限的，我要把有限的生命，投入到无限的为人民服务之中去……

这就是雷锋的崇高愿望。

雷锋应邀到外地作报告的机会多了，为人民服务的机会也多了。人们流传着这样的佳话："雷锋出差一千里，好事做了一火车。"

从 1960 年 10 月开始，雷锋先后担任抚顺市建设街小学和本溪路小学少先队组织的校外辅导员。

雷锋很喜欢和这些活泼可爱的少先队员在一起。

雷锋自己也一直珍藏着一条他在小学读书时戴过的红领巾。

在一个阳光灿烂的中午，雷锋穿着崭新的军装，系着鲜艳的红领巾，向建设街小学走去。他一踏进校门，就被一群孩子围住了，他们跳跃着，欢呼着：

"欢迎雷锋叔叔！"

"请雷锋叔叔讲故事！"

雷锋一来到孩子中间，就高兴得合不拢嘴，不住地笑。

今天中午，雷锋刚出车回来，听说孩子们要举行大队会，就连忙吃罢午饭，换了衣服跑来了。

在大队会上，雷锋讲起自己参观韶山毛主席故居时所听到的毛主席青少年时代的革命故事。

少先队员们聚精会神地听着，他们都被毛泽东的故事深深感动了。

建设街小学六年级二班有个学生，很聪明，但是也很调皮，整天打打闹闹不好好学习，个子很高了还没戴上红领巾。这个班的中队委员们都懒得理他了。

雷锋知道这件事以后，每次到学校来，都找这个同学谈心，给他讲故事，还约他到部队去玩。

一天，经过连里批准，雷锋开着汽车帮助学校到郊外去捡碎砖，准备修建校园花池。六年级二班的一些同学也跟去了。

到了郊外，大家都专心地捡碎砖，那个调皮的学生却偷偷溜进汽车驾驶室摸摸这，动动那，把着方向盘，嘴里还发出"前进"的声音，好像汽车真的开起来一样，玩得可高兴啦。

突然，吱的一声，车门开了，这孩子吃了一惊，见是雷锋叔叔来了，心里嘀咕道：这回等着挨批评吧！谁想雷锋根本没生气，反而笑着说："我看出来了，你喜欢开汽车，是不是？""我……我学不会。"

雷锋热情地鼓励他，说："只要用心学，学什么都不难。等捡完砖回去，我教你开汽车。"

这孩子一听，高兴地跳下车，跟同学们一块捡碎砖去了。

回去的时候，雷锋真的让这个孩子坐在驾驶室里，给他讲了些开车的知识，可他一点也听不懂。

雷锋又趁这个机会教育他说："你瞧瞧，开辆汽车都

无私奉献为人民

这么复杂，将来你们要亲手把我们的祖国建设成为一个富强的社会主义国家，有很多重要的工作等着你们去做，现在光贪玩，不好好学习，不努力掌握为人民服务的本领，能行吗？你们有这么好的学习条件，应该努力学习才对呀！"

这个孩子有些不好意思地说："雷锋叔叔，我一定克服缺点，好好学习……"

从这以后，这个孩子很快就克服了缺点，各方面都有了很大的进步。当他被批准入队，第一次戴上红领巾的时候，还特意跑到运输连告诉雷锋说："雷锋叔叔，我加入少年先锋队啦！"

就这样，雷锋成了孩子们的知心朋友，彼此间无话不说。

采访过雷锋的佟希文、李健羽后来回忆说：

那时就有工读学校，也有少管所，有的孩子是戴着红领巾进去的。大家已经意识到对青年一代教育的重要性了。所以我们感觉到雷锋是党的好后生。后来我们写的通讯题目就是这样的。当时国家经济困难，国际环境也对我们不利，但是我们感觉到，只要有党在，有政治骨干力量在，有雷锋这样的好后生在，国家就能稳如泰山。

1962 年 5 月 28 日，共青团抚顺市委发给雷锋一张奖状，上面写着：

奖给少先队优秀辅导员雷锋同志：保持光荣，继续前进。

1962 年 2 月，雷锋以特邀代表的身份，出席沈阳部队首届共青团员代表会议，并被选为主席团成员。

出席会议的许多共青团员代表都了解雷锋的事迹，有的还把见过报的《雷锋日记》抄在自己的笔记本上，用以鞭策自己。因此，会议期间，主动找他交谈的同志特别多。这个让他签名，那个找他合影，都一再表示要向他学习。

每当遇到这种情况，雷锋总是红着脸说："我是来向同志们学习的。我还做得不够哇。"

雷锋入伍以来，记过一次二等功，两次三等功，多次受团、营嘉奖。

雷锋的照片、日记和模范事迹，通过报纸、电台作了广泛宣传。

雷锋真可谓是荣誉满身。但是，党和人民给他的荣誉越多，他越是严于律己。

面对荣誉，雷锋在日记中写下这样一段话，以告诫自己：

无私奉献为人民

雷锋呀，雷锋！我警告你牢记：千万不可以骄傲……

骄傲的人，其实是无知的人。他不知道自己能吃几碗干饭，他不懂得自己只是沧海之一粟……

我要不断地加强学习，提高自己的思想觉悟，经常开展批评与自我批评，随时清除思想上的毛病，……做一颗永不生锈的螺丝钉。

雷锋精神与世长存

1962 年 8 月 15 日，天空中下着小雨。

这天上午，雷锋和助手乔安山驾驶着 13 号车，从山区工地赶回抚顺驻地拉施工器材。

车子在营区停稳后，雷锋跳下驾驶室，看到车身上溅了许多泥水。他不顾行车的疲劳，立即决定把车开到营房后面的空地上进行清洗。

到营房后面去洗车，要经过一段比较狭窄的过道。为了安全起见，雷锋让助手小乔发动车辆，自己则站在过道边上指挥小乔倒车拐弯儿。

汽车倒退到拐弯儿处的时候，左后轮突然滑进道边的小水沟里，车身猛一摇晃，碰倒一根连队战士们晒衣服用的方木柱子。

正在聚精会神指挥倒车的雷锋，不幸被倒下来的木柱砸伤头部，顿时倒在地上。

小乔上前抱起雷锋，发现他已昏迷过去，小乔不禁失声痛哭，连声呼喊："班长，班长！"

雷锋苏醒过来，看到小乔，张了张嘴，却一句话也没说出来。

团里以最快的速度把雷锋送到医院去抢救，因为伤势过重，年仅 22 岁的雷锋永远闭上了他那双明亮的

无私奉献为人民

眼睛。

噩耗传到雷锋担任辅导员的两所小学校，小朋友们都惊呆了，他们都不愿意相信自己的耳朵。雷锋牺牲的第三天，抚顺市望花区政府礼堂里举行隆重的追悼会。

礼堂正厅悬挂着"公祭雷锋同志大会"的巨幅会标。

沈阳军区司令部、政治部、雷锋生前所在的部队和抚顺市委、市人大以及各单位敬献的花圈不计其数。

雷锋的遗像在花丛中显得格外醒目。照片上的雷锋深情地凝视着前来悼念他的人们，似乎还在无声地诉说着他对人们真挚无私的关爱。

人们注视着雷锋的照片，不禁泪流满面。

雷锋的灵柩安放在会场的正中，四周摆满了鲜花和常青树。

雷锋所在团的领导和雷锋生前所在连的战友们站在两旁，为他守灵。

前来参加追悼会的人络绎不绝。礼堂里容纳不下，只好在礼堂外临时安装了扩音喇叭。

追悼会结束后，街头上还簇拥着成千上万的人民群众，其中有工人、农民、战士、学生，有白发苍苍的老人，还有许多没有上学的儿童。他们主动戴上黑纱或白花，怀着沉痛的心情悼念雷锋。

当雷锋的灵柩在送往抚顺市烈士陵园途中，经过望花大街时，有近 10 万人民群众自发地前来为雷锋送葬……

佟希文、李健羽后来回忆说：

　　1962 年 8 月 15 日，正是雷锋牺牲的那一天……

　　我们对毛主席"虽死犹生"这句话感慨很深，认为雷锋是够得上的……

　　陈广生曾经和雷锋朝夕相处，他至今回忆起当时的情景，仍然伤心不已。

　　雷锋活着的时候，陈广生曾经坐在雷锋那辆车的驾驶室里，跟雷锋拉粮运菜，长途奔波，顺带进行采访。

　　8 月 15 日下午，陈广生在电话里得知雷锋牺牲的消息，他顿时惊呆了。

　　陈广生怀着沉痛的心情连夜返回驻地。在雷锋的遗体旁边，他凝视着雷锋苍白的面容，无声地哭了。他听到雷锋所在连副连长说："你死了，不如我死了……"此时此刻他想说的，其实也是这句话！

　　雷锋生前辅导过的建设路小学和本溪路小学的少先队员们，听到雷锋叔叔牺牲的消息，都大哭起来。他们派代表到部队来提出："我们见不到雷锋叔叔，也要看看他用过的东西。"

　　团政委当场答应，他说："一定要满足孩子们的愿望！"于是把这项任务交给了陈广生。

　　陈广生选定空置的营房，首先带着十几个人认真地

无私奉献为人民

粉刷四壁，然后小心地把雷锋的遗物：大到皮箱，小到鞋带，用过的武器，读过的书，日记本和笔……一件件陈列出来。

陈广生还分别在绿胶合板上书写说明词，然后请两个小学的同学们来参观。

这个展览一下子轰动了！

学校、工厂纷纷组织人来参观，应接不暇。

共青团抚顺市委领导立即建议把展览办到市里，增加图片，在更宽敞的环境里展出，让更多的人从雷锋身上汲取精神力量。

紧接着沈阳市也复制了一套在市文化宫展出；北京军事博物馆也来人，提出雷锋是军人，他的全部遗物原件要由军事博物馆收藏，于是全部展品搬到北京展出，照原样复制一套留给抚顺。

雷锋生前所在的四班，被中华人民共和国国防部命名为"雷锋班"，成为人民解放军中一个著名的先进集体。

雷锋生前担任过辅导员的抚顺建设街小学被命名为"雷锋小学"。雷锋辅导过的孩子不少已成为社会的栋梁之材。

雷锋的家乡湖南省望城县和雷锋生前战斗过的抚顺、鞍山等地也都建起了雷锋纪念馆，来这里参观学习的人络绎不绝。

曾经为雷锋拍摄过不少照片的季增，当时在团宣传组任摄影报道员。在雷锋因公牺牲后，季增饱含深情地追忆了这样一段往事：

　　记得 1961 年春天的一个中午，我挎着相机下连队采访，正赶上雷锋趴在地上保养车辆。这时我便走了过去，对他说："雷锋，就在这儿给你照个相怎么样？"雷锋听了连连摇头："不，你去给别人照吧，我的照片已经够多了。再说，照多了也是浪费。"

　　我说："你的照片是不少，可是在汽车上照的有吗？别忘了，你是驾驶员！"听了我的话，雷锋动心了，小脸蛋一乐："照就照！"说着就从车底下钻了出来。他在车前做好了照相的姿势，我也调好了焦距，就在我快要按下快门的时候，他突然对我说："不在这儿照了，到那边去吧。"

　　原来，雷锋想在"解放"牌汽车上照一张相，而他驾驶的车是苏式老牌汽车"嘎斯 51"。这样，我就随他来到一辆"解放"牌汽车前。他指着车上的"解放"牌字样，对我说："能把这两个字照下来吗？"我不解地问："照这干什么？"

　　雷锋思索了一下，语气深沉地说："没有解放，哪有我雷锋？"听他这么一说，我才明白了

无私奉献为人民

什么意思。就这样，我给他照下了这张大家比较熟悉的照片。

当时，季增深刻地感悟到在军营里仅仅度过一年零八个月的雷锋，身上处处洋溢着当家做主人的自豪感。

如今，季增仍然保存着这张珍贵的原始照片。

季增还特意制作了一本精美的雷锋照片专辑。雷锋当年的生活情景都集中在这本厚厚的册子里：有雷锋艰苦朴素、缝补衣服的镜头，有雷锋在车站扶老携幼、助人为乐的场景，还有雷锋担任校外辅导员时为孩子们讲故事的场面……

在那些褪色的照片下面，都附有一张保存完好的底片，可见主人是多么的细心。

季增凝视着雷锋的照片，深情地说："这些照片，大部分都是我拍摄以后第一次洗出来的。"

四、 学习雷锋好榜样

● 老周说："我对人民的贡献太小了，和雷锋简直没法比啊!"

● 欧阳海奋不顾身地跃上铁路，抢在机车的前面，拼出全身的力气，把大黑骡推下铁路。

● 在地雷即将发生意外爆炸的紧急关头，王杰扑向这枚地雷，用身体掩护在场的 12 名民兵和人武干部，壮烈牺牲。

各行各业开展学雷锋活动

　　毛泽东发出"向雷锋同志学习"的号召以后，全国人民学习雷锋的热情更加高涨，各行各业涌现出无数的学雷锋积极分子。

　　沈阳部队某长途电话连的女战士们积极学习雷锋为人民服务的精神，对待用户胜过亲人，把对雷锋的敬佩努力倾注到自己转接的每一个电话之中。

　　1962 年春天，长途电话连党支部曾经把雷锋请到连里作报告。雷锋那种全心全意为人民服务的思想，深深地感染着电话连里的每一个战士。她们立志向雷锋学习，在平凡的岗位上作出不平凡的贡献。她们中的许多人，在机台旁工作 5 年、10 年，勤勤恳恳，任劳任怨。

　　新来的战士小范，曾经很讨厌话务工作，认为干这行又枯燥，又没有出息。老战士发现以后，就主动给她讲雷锋主动要求去条件艰苦的地方，为祖国作贡献的故事，小范听后，思想上受到很大的触动。她开始转变自己的工作态度，很快成为电话连里的优秀士兵。

　　某部队管理员老周，积极响应中央发出的"向雷锋同志学习"的号召，他学着雷锋的样子，一次又一次地将平时积攒下来的钱悄悄地寄给困难群众，寄给灾区。

　　有人给老周算过一笔账，老周自从学雷锋以来，为帮助同志，为支援灾区，所花的钱不少于 300 元。可是，老周还经常说："我对人民的贡献太小了，和雷锋简直没法比啊！"

在广州市的 3 路电车上，活跃着一个由电车乘务员组成的"学雷锋小组"，他们向雷锋学习，积极热情地为乘客服务，受到乘客的好评。

有一次，几个乘务员看见一个丢失在电车上的钱包。他们拾起钱包，发现钱包里有一张来广州探亲的证明。这时候，乘务员小刘正好下班，她就约另一个乘务员小宋一起去寻找失主。

小刘和小宋不顾一天工作的劳累，按照探亲证明上写的地址，找到被探亲者的工作单位。不巧的是，那位同志几天前刚刚调动了工作。

小刘和小宋没有灰心，她们四处打听，终于又找到被探亲者的新单位。原来丢钱包的失主，就是被探亲者的爱人。夫妇二人接过钱包，激动地连声说："你们可真是活雷锋啊！"

吉林省某旅社青年服务员小芳，认真学习雷锋的先进事迹，热心为群众服务，受到人们的赞扬。

小芳在工作中，处处以雷锋为榜样，对工作认真负责，经常忙得满头大汗，腰酸腿疼，但她从不叫苦，对工作始终充满热情。

旅客的衣服脏了，小芳就悄悄地洗净，晒干，叠得整整齐齐，然后放在旅客的床上。

学习雷锋好榜样

旅客的衣服破了、扣子掉了，小芳就拿起针线，及时给缝好、钉好。

旅客病了，小芳想起雷锋对同志如春天般温暖的精神，就主动为旅客端来可口的饭菜，还请来大夫给他们看病。

旅客不知道要去办事的地点，小芳就主动带领旅客走街串巷，热情地给旅客当向导。

一天，两个旅客由于淋了大雨，患了重感冒，躺在床上。小芳知道后，立刻到药店买来治感冒的药，又到饭店买来放了姜片的面汤，端到他们面前，让他们喝下。

病人喝下药和面汤以后，很快恢复了健康。

临走时，这两个旅客连声道谢，称赞小芳是个好青年。小芳谦虚地说："比起雷锋来，我还差远了。"

冬季的一个夜晚，小芳下班回家的时候，遇见一个双目失明的老大娘。

老大娘是来探望在本地某化工厂工作的儿子。当时工厂已经下班了，老大娘行动不便，找不到儿子的家，心中焦急万分。

小芳问明情况以后，立刻亲切地安慰老大娘说："大娘，您别着急，我送您去，保证帮您找到亲人。"

小芳说完，就转身到单位食堂借来手推车，又拿了一套被褥，热情地把老大娘扶到车上，细心地帮她盖好被子，然后推起车，边走边打听大娘儿子的家。

冬天的夜晚很冷，小芳却累得满头大汗。

小芳走一段路，就停下来打听打听。从南到北，又从东到西。足足花了两个小时，终于找到了大娘儿子的家。

这时候，已是22时了。

大娘和儿子都很感动。大娘含着泪水拉着小芳的手，说："闺女，你叫啥名字？在哪里工作？"

小芳笑着说："大娘，我叫雷锋，我的工作，就是为人民服务。"

小芳说完，对大娘挥挥手，就推着车跑了。

在学雷锋运动中，不少小学生也主动向雷锋叔叔学习，主动帮助别人。

冬天的一个夜晚，在辽宁省营口市一个公共汽车站，某小学四年级学生周红和她的弟弟站在那里，细心地注视着马路上来来往往的行人。

过了一会儿，一个中年妇女急匆匆地跑来，看见周红就问："小同学，你们见到一个背包吗？是蓝色的。"周红听了，从身后拿出一个圆鼓鼓的蓝色背包，说："阿姨，这是您丢的吗？我们在这里等您好久了。"

这个中年妇女接过自己上车时不小心丢失的背包，看着周红和她的弟弟冻得红彤彤的小脸，感动得说不出话来。她想给周红所在的学校写一封表扬信，就问周红："小姑娘，你叫什么名字？是哪个学校的？"

周红猜出了她的心思，笑着说："阿姨，这是我们少先队员应该做的。和雷锋叔叔相比，我们还差得很远

学习雷锋好榜样。

103

呢。"说完，就拉着弟弟走了。

在学雷锋活动中，全国涌现出无数的学雷锋积极分子和先进集体。很多人都受到过别人无私的帮助，也无私地帮助过别人。

大家时常听到这样的对话：

"同志，真谢谢你啊，你叫什么名字？"

"我叫雷锋……"

学雷锋的英模人物辈出

毛泽东等领袖为雷锋题词以后，形成了巨大的号召力。一场全党、全军、全国人民学习雷锋的活动迅速在神州大地形成热潮。

此后，每年3月5日便成了全民学雷锋的日子。

全国各行各业和各条战线上，涌现出成千上万雷锋式的先进人物，全社会迅速地出现了一种奋发图强、积极向上的精神，进一步形成了一种良好的社会新风气。

1963年2月12日，《解放军报》刊登了一篇学习雷锋的文章，作者这样写道：

> 读了报纸上关于雷锋生前事迹的报道，很受感动。人们哀悼他，敬佩他，同时也为祖国曾有这样高度革命觉悟的青年战士感到兴奋。
>
> 雷锋同志生前的一些事迹，看起来似乎是平凡的，但在这些事迹中却蕴藏着不平凡的革命精神。雷锋牺牲的时候仅仅22岁，是解放军的一个汽车班班长。他没有做出什么轰轰烈烈的丰功伟绩，他的日记中记下的一些热诚的誓言，还没有来得及充分地实现。可是这并不妨碍他成为我们学习的榜样……

英雄战士欧阳海就是学雷锋运动中涌现出来的先进人物。

1963年11月18日上午，白雾茫茫，细雨蒙蒙。满载着旅客的282次列车由衡阳北上，风驰电掣地向前飞奔。

这时候，一队炮兵战士拉着驮炮的战马，正沿着铁路东侧向前行进。

火车司机连忙拉笛告诉部队小心。

不料，汽笛的尖啸声惊动了一匹驮着沉重炮架的黑骡子，它忽地拖着驭手冲上轨道，乱蹦乱跳，最后竟然死死站在轨道上不动了。

列车正在飞速向黑骡子冲去，相距只有40多米。

一场严重的事故眼看就要发生。

就在这紧急关头，从部队的行列中猛然冲出一个战士，他奋不顾身地跃上铁路，抢在机车的前面，拼出全身的力气，把大黑骡推下铁路。一场重大事故避免了，全车旅客得救了，可是，这个战士自己却没有来得及躲开，他被火车撞倒了。

火车向前冲滑大约300米才停住。两位火车司机连忙跳下机车，直奔战士倒下的地点。受伤的战士已经躺在战友的手臂上，左腿满是鲜血，却不声不响，只是睁着一双亮晶晶的眼睛环视周围的同志。

火车的副司机含着眼泪说："快救救这个战士，是他救了我们全列车的旅客和乘务员啊!"

这个舍身抢救列车的战士,就是共产党员、解放军某部三连七班班长欧阳海。

欧阳海被送到医院后,铁路职工、刚下车的旅客和驻军官兵100多人,都焦急地守候在医院手术室外,纷纷要求给欧阳海输血。当地县委在打电话,请求派飞机把欧阳海送到上海抢救。然而,欧阳海却因为伤势过重,抢救无效,与同志们永别了。

欧阳海生前十分崇拜雷锋,他把雷锋看成是自己学习的榜样,自觉地向雷锋学习。

1963年,欧阳海回家探亲时,家住东山乡的一个小姑娘失足掉进水井里,欧阳海跳进冰冷的井中把女孩救起来,乡亲们敲锣打鼓来感谢他的救命之恩,他只是说:"这是应该的。"

村民欧阳增玉家不小心失火,火苗直蹿上楼板,乡亲们都在地里劳动,欧阳海及时赶到,先背出欧阳增玉的老母亲,又把燃烧着的柴草扔到屋外,双手被烧伤了,回到连队时手上还敷着草药。连长问他,他说是自己不小心烫伤的。

一个假日,欧阳海外出回来,碰见一位老大爷吃力地挑着一担柴,他迎上去接过担子,从山上到山下,足足挑了5公里多。老大爷请他留下名字,他笑着说:"我是雷锋的战友。"

欧阳海在他的日记本上写道:

　　如果需要为共产主义的理想而牺牲，我们每个人都应该也可以做到脸不变色，心不跳。

　　欧阳海用自己的实际行动履行了这句庄严的誓言。

　　王杰也是学雷锋运动中涌现出的杰出代表。

　　1963年3月，毛泽东向全国人民发出"向雷锋同志学习"的伟大号召以后，王杰思想上受到很大的震动。王杰把雷锋的事迹和日记读了一遍又一遍。

　　在一次施工中，王杰被着火的沥青烫伤右手，硬被同志们拉下来休息。

　　排长来看望王杰。一进屋，只见王杰趴在临时搭起的地铺上，面前摊开一大张牛皮纸，他用左手握着笔杆，正在吃力地写着什么。

　　排长看到王杰脸上的汗珠不断地滴落下来。

　　排长走上前，看到纸上密密麻麻地写满"向雷锋同志学习"的字样。

　　排长很感动，他关切地对王杰说："王杰同志，你也要注意休息呀！"

　　王杰不好意思地笑了。

　　王杰生前把雷锋当成自己的榜样，把为人民做好事视为人生中最有意义的事情。

　　王杰把自己攒下的钱偷偷给生活困难同志的家邮去。

　　王杰只要有时间，就主动帮助炊事员挑水、做饭。

一个风雪交加的晚上，施工一天的同志都已经进入梦乡，王杰悄悄地爬起来，把全排 20 多件湿棉衣、棉鞋烤干…

　　野营行军中，王杰把别人踩倒的麦苗扶好，培上土；路途上，他抢着为战友扛枪；在宿营地，他一放下背包就主动替群众挑水、扫院子；抗洪中，他冒险为大家探路，群众称他为"活雷锋"。

　　1965 年 7 月 14 日，王杰帮邳县张楼公社农民进行地雷爆破训练，在地雷即将发生意外爆炸的紧急关头，他扑向这枚地雷，用身体掩护在场的 12 名民兵和人武干部，自己壮烈牺牲。

　　这一时期，像欧阳海和王杰那样的学雷锋标兵实在是不计其数。如跳入激浪深流救捞落水老人和儿童的谢臣、王永才、孙忠杰、曹爱勤；冲进火海抢救国家物资的赵尔春，勇拦惊马奋勇救儿童的刘英俊等。他们都是学雷锋活动中涌现出的先进分子的杰出代表。

学习雷锋好榜样

新时代默默奉献的活雷锋

李润虎是兰州军区某红军师军械修理所的一名志愿兵。他从 1972 年入伍以后，坚持学雷锋做好事，脚踏实地，默默奉献。

1982 年秋天，战士王天西的父亲得了败血症，家里来信要钱治病。王天西没有积蓄，急得吃不下饭。李润虎知道后，劝慰了几句，就揣上仅有的 50 元钱去邮局，填汇款单的时候，他在附言栏里写道："父亲，请您保重！"

李润虎知道仅仅依靠自己的力量是不够的，他就把王天西的境遇告诉全所的战友，他还对战友们说："哪位父亲对儿子开口要钱，都是迫不得已的。父亲收到我们的钱，不光感到我们在孝顺他，还会觉得心里踏实，觉得儿子在连队生活得不错。如果收不到钱，老人就会对自己向儿子要钱的举动感到内疚，还会替儿子的处境担忧，是不是？"

战友们听了李润虎的这番话，都深受感动，纷纷对王天西解囊相助。

1989 年春播前夕，战士苏学才接到父亲的来信，父亲说家里分到 20 多亩地，打算种花生，需要儿子筹借 1000 元钱买花生种子，借不着就让儿子去贷款，秋后再还钱。

李润虎在司务长那里存有几百元钱，是准备家里盖房用的，他知道小苏家里的情况后，立即凑了 500 元钱给小苏。

小苏知道李润虎家的房子已经拖了 8 年没有盖成，执意不收。李润虎笑着说："我再等明年吧，你先把这钱寄回去。"

秋后，小苏家的花生大丰收，父亲寄来整整 1000 元钱，让儿子交给李润虎，还解释说多余的钱支援李润虎家盖房。李润虎火了，他生气地说："小苏，你把我当成啥人了！"硬是只收 500 元。

由于党的政策好，许多农民都过上了好日子，而李润虎长期在部队服役，远在陕西农村的家中由于缺少劳力，生活遇到了不少困难。

李润虎此时面临着一个十分重要的选择：是退伍回家致富，还是继续留在部队工作？

李润虎经过反复考虑，决定像雷锋那样，做一个无私的奉献者。

后来，师里想解决李润虎的家庭困难，决定让他妻子随军，李润虎却坚决不同意。他说："哪有志愿兵家属随军的，不能为了我，坏了部队的规矩。困难，总会克服的。"

学习雷锋好榜样

鼓浪屿上的"集体雷锋"

在美丽的小岛鼓浪屿上，有一个受人称赞的学雷锋先进集体，它就是驻守在鼓浪屿上的南京军区某守备团八连。

八连官兵在鼓浪屿执勤的时候，经常碰到海外游客问路。他们意识到只有学些外语，才能更好地帮助这些外国游客。

于是，每周三、周六下午，连队就请外语学校老师来上课，帮助官兵学习常用的外语对话。经过刻苦学习，八连的官兵都掌握了一些常用的外语口语。

一天，一排长成功路过八卦楼，看到两个美国游客正在焦急地打着手势，叽里呱啦地对周围人讲着什么。周围人都听不懂，只是疑惑地看着他们。

成功急忙走上前去，用英语与这两个美国人交谈，才知道这两个美国人和旅游团走散了，现在要回悦华酒店。成功面带微笑，用英语对他们说："你们不要急，我送你们回去。"

成功领着这两个美国人走出弯曲交错的小巷子，登上渡轮，一直把他们送到悦华酒店，这才与他们道别。

这两个美国游客十分感激，连声说："没想到中国军人这么可爱，这么有文化素养！"

八连的官兵，在业余时间，主动学习鼓浪屿的历史、地理、风俗、民情知识。因此，他们向游客介绍鼓浪屿的情况时，如数家珍。

　　一次，士兵张勇在厦门博物馆展览厅维持秩序。他看见一位台湾同胞驻足在一门英式大炮前，就主动把大炮的来龙去脉对这位台湾游客讲了一遍。后来，这位台胞又对一幅图画很感兴趣，张勇又向他介绍画家的生平、作品创作年代等知识。这位台胞听后十分惊讶，忍不住称赞说："大陆军人的知识面真宽。"

　　在旅游者面前，八连官兵还主动扶老帮残，尽量让每一位游客都能畅快地游览鼓浪屿。

　　1986年6月的一天，由香港中旅集团、香港伤健协会组成的伤残旅游团一行30余人来鼓浪屿观光。这是他们来大陆旅游的最后一站。

　　这些游客有的双目失明，有的行走不便，拄着拐杖，坐着轮椅。他们从轮渡上岸时，正在码头执勤的八连几位士兵看见了，立即热情地迎上去，他们推的推，扶的扶，背的背，帮助这些特殊游客游览观光。

　　在日光岩下，坐在轮椅上的游客十分惆怅地仰望着高高的日光岩，他们多么希望自己能够登上岩顶一饱眼福啊！可是，面对几百级台阶，他们只能望而却步。

　　这时，八连官兵看出这些游客的心思，他们就用双臂抬起轮椅，一级一级地往岩顶上爬。

　　坐在轮椅上的老人都流泪了。他们激动地说："鼓浪

学习雷锋好榜样

113

屿真美，解放军真好！""我们到过许多国家，见过很多军人，像这么好的军人，我们还是第一次见到。"

这些游客离开鼓浪屿时，都对八连的官兵依依不舍，他们说："八连官兵给我们留下了比日光岩更美的印象。"

其实，八连从 20 世纪 70 年代开始，就组织学雷锋小组，在轮渡码头边的一棵大榕树下设茶水站，向过往行人免费供应茶水。

八连官兵在大榕树下摆放好桌子和长条凳。桌子上摆着茶水桶，洗得干干净净的青花瓷杯，桌前还有一个半米见方的玻璃小镜框，上面写着"免费供应茶水"。长条凳则可以供行人坐下，边休息边喝茶。

八连的茶水站很受欢迎。老人、妇女、孩子都纷纷围上来，一桶茶水不到两个小时就喝完了。这时候，连长就会大声喊道："二排长，再烧两桶来！"

一个年过半百的印度尼西亚华侨，坐在八连茶水站旁，出神地注视着八连士兵热情地给过路游人送水。这位老人显然是被感动了，他久久不肯离去，足足看了将近两个小时。

在市场经济大潮的冲击下，有些人开始怀疑雷锋精神是否还有价值，八连为此特地展开一场讨论："雷锋精神到底有没有过时？"

经过热烈的争论，最后大家统一了认识，他们坚定地说："雷锋精神永远不会过时！永放光芒！"

许多初次来到鼓浪屿的人，都要亲热地和八连的官兵们说上几句话。他们早就听说过鼓浪屿上有个好八连，此时此刻，他们要表达对八连的崇敬之情。

去过鼓浪屿的许多游客与当地的人民群众，都亲切地称赞八连为"集体雷锋"。

官兵们很珍惜这个光荣称号，他们决心把学习雷锋的活动坚持得更好。

雷锋精神不断发扬光大

1990 年 3 月 5 日，江泽民等党和国家领导人分别题词，号召全国人民进一步向雷锋学习。

江泽民题词：

学习雷锋同志，弘扬雷锋精神。

进入 21 世纪以后，人们并没有忘记雷锋，他们依旧在纪念雷锋，依旧在用自己的实际行动向雷锋致敬。

当年的学雷锋积极分子，如今大都是社会上的志愿者。

47 岁的王春艳，年轻时是学雷锋标兵，如今是优秀的志愿者。

1979 年，17 岁的王春艳高中毕业，她在家等待分配。一天，邻居李大娘的大女儿哭着跑下楼："姐姐，我妈生病了，我和妹妹该怎么办呢？"王春艳不假思索地说："快走，姐姐帮你上楼看看。"

李大娘家的生活负担很重，家里全靠着李大娘一个人支撑，如今李大娘病倒了，这个家顿时陷入困境。

从那天开始，王春艳便主动向这个处在风雨之中的困难家庭伸出热情的双手。她成为这个家的一员。

李大娘身体不好，王春艳就经常帮助李大娘做家务，陪大娘看病，还热情地给孩子辅导功课。很多次，孩子们生病了，王春艳都细心地照顾他们，给予他们无私的关心与帮助。李大娘一家人也完完全全地把王春艳当作自己的亲人看待。

那一年，王春艳被街道办事处授予"学雷锋标兵"的光荣称号。后来，王春艳一直热心地帮助着李大娘一家，直到后来搬家。如今，已到中年的王春艳回想起当年的往事，仍然感到十分自豪，她感慨地说："帮助人之后，自己心中有份快乐。"2000年，王春艳下岗了，她陷入了人生的低谷，但是，她的爱心并没有在困境中远去。

王春艳在社区发现很多老人、残疾人生活十分困难，她就主动腾出时间，上门照顾这些有困难的人，她还热情地与他们谈心，让他们乐观地面对人生的种种难题。

后来，王春艳通过考试，成为一名受人尊敬的社区工作人员，这份工作也让她有了更多帮助别人的机会。

王春艳在助人为乐的过程中，开始逐步了解"志愿者"这个群体，她很喜欢这个以助人为最高原则的好团体，就积极参加各种志愿者活动，义务献血、社区义工……

多年从事志愿者工作的许威说，志愿者工作是以"学雷锋"运动为宏大背景的。46年前，随着"学雷锋"口号的提出，"对同志春天般温暖"、"把有限的生命投入到无限的为人民服务中去"等崇高精神，与现在的志愿

学习雷锋好榜样

者精神一脉相承。

改革开放以来，人们的物质生活水平不断提高，许多人开始更加有意识地追求人生的价值和意义。于是，他们积极加入志愿者的行列，立志像雷锋那样助人为乐，努力让自己的生命变得崇高和伟大。

据黑龙江省志愿者协会统计，黑龙江省志愿者人数已经从 2003 年的 30 万发展到现在的 90 万，此外，还有无数的民间志愿者，志愿者的队伍在不断壮大。

志愿服务无论在社会动员、社会责任、机构管理，还是在服务规模等方面，都已经远远超出当年学雷锋活动的规模。许多志愿者在谈到雷锋的时候，都表现出高度的敬仰之情，他们说："人们永远记住了雷锋。雷锋永远不会离开我们。"

著名女作家柯岩一直对雷锋怀有崇高的敬意，她深情地说："站在他的面前，你便会发自内心地感到，他就是比你完美，就是比你高大，在他年轻的生命里，劳动人民的优秀品质就是那么强烈，所以，人民爱他，永远怀念他。"

参考资料

《雷锋的故事》赵德胜编写 吉林大学出版社

《共和国军队回眸》杨贵华、陈传刚主编 军事科学
　　出版社

《国史全鉴》本书编委会编 团结出版社

《共和国五十年珍贵档案》中央档案馆编 中国档案
　　出版社

《军徽在新世纪闪光》杨春长主编 二十一世纪出版社

《中国现代史资料选辑》彭明主编 中国人民大学出
　　版社

《中南海三代领导集体与共和国经济实录》王瑞璞主
　　编 中国经济出版社

《光辉的榜样》本书编写组编 中国文史出版社

《雷锋，英雄从这里走出》杨春长主编 二十一世纪
　　出版社

《学习雷锋》丁一、夏红编写 学苑出版社

《青年的榜样》中国青年出版社编 中国青年出版社

《共和国要事珍闻》郑毅、李冬梅、李梦主编 吉林
　　文史出版社

《雄师劲旅扬国威》杨春长主编 二十一世纪出版社

《学习雷锋好榜样》上海人民出版社编 上海人民出版社